凝煉知識品味閱讀

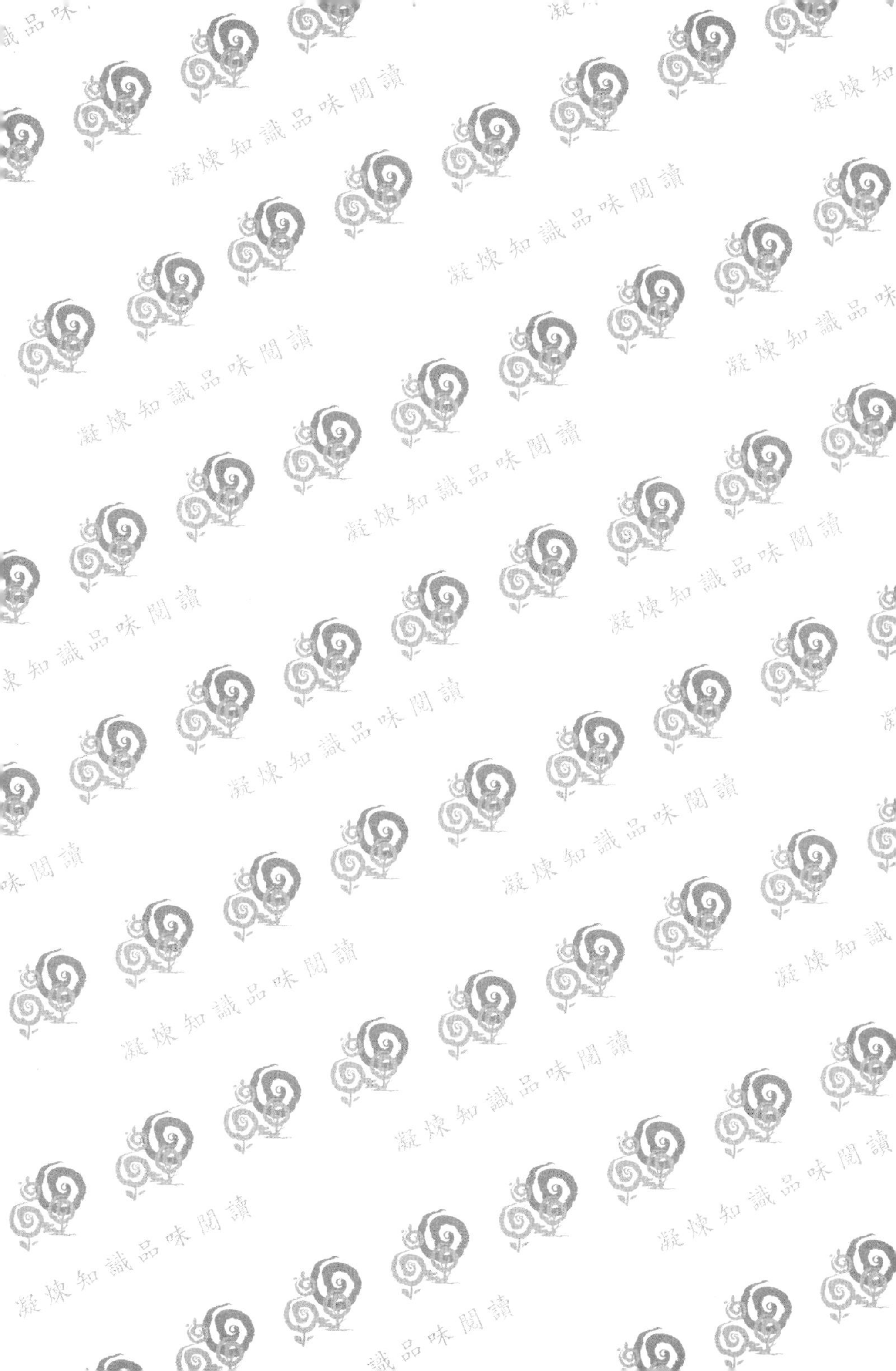

進入人文大樓茂榜廳之前，一個神祕而清幽的空間。

夜晚的教堂是你倚靠、徜徉，玩影子自拍的地方。

清晨時光中，魔法樹快速長大，撐起東海的象徵。

青天、白雲與教堂零距離的擁抱。

黑板樹矗立，你要像大樹一樣的長大喔！

男舍13棟前五色鳥貪食著桑果。

假日靜謐的教室，映襯著教堂與閒情。

情人節飄落的草葉，被型塑成愛的印記。

五月鳳凰盛開，驪歌將唱的日子。

四月雪，誰識得木棉的心語？

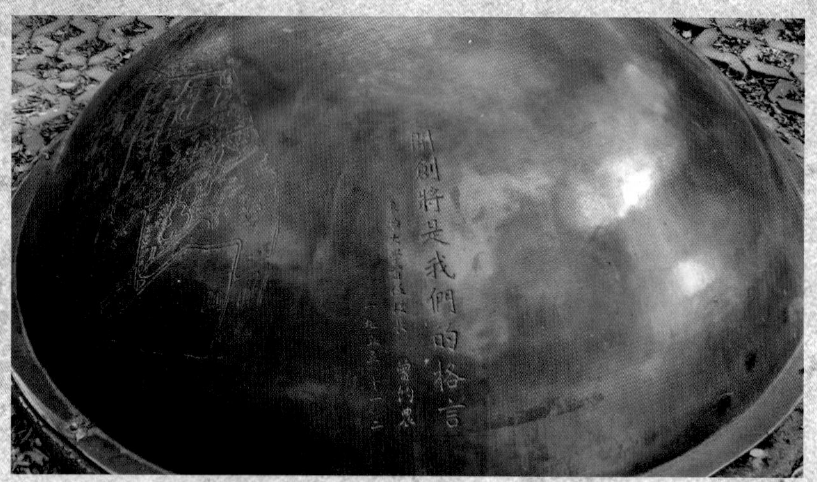

文理大道時光膠囊鐫刻著我們的格言。

文理大道走過多少回，烙下永不磨滅的記憶。

人文大樓五樓的角落，讓我們促膝閒談半晌。

擁有亮麗羽毛的五色鳥，如敲木魚的鳴叫，似乎整個校園都可以聽到。（黃章展攝於東海大學景觀學系）

小雲雀的啾啾聲有點吵又連續不斷，時常從草地直飛上天。（黃朝洲攝影）

白頭翁的特徵就是頭上一圈白毛，叫聲比鬧鐘的聲響更繽紛。（蘇國強攝影）

白頭翁常佇立於樹枝頂端鳴唱，四、五月繁殖季時，公鳥的叫聲更加嘹亮。（蘇國強攝影）

借味・越讀

時光・地景・大度山

林香伶／主編

林香伶　林碧慧　朱衣仙　郭章裕／編撰

主編序

校園青春夢

東海大學中文系教授
林香伶

據說，三歲半起，我就進學校讀書，在那個還沒有幼幼班概念的教育年代，校園，對我是毫無記憶點的。因著父親工作的頻頻調動，舉家從臺南搬到高雄、臺東，最後才在臺中落腳，這段期間，我的小學換了四間，平均每半年就得搬家一回，家與校園的圖象，即使在腦際不斷閃回、示現，但怎麼樣都兜不攏。直到初中就讀曉明女中，一念就是六年，我的藍裙替換成紫紅裙，穿梭在校園的修女穿著黑白分明的冬夏服飾，在簡潔明淨的校園裡，日記爬梳那段耳下一公分的短髮少女時代。北上念書後，輔大、政大、臺師大的轉益多師，校園對我而言，不只是讀書交友的表層意義，更多時候，她是一種陶冶心性、性格養成的大觀園，從大學、碩士、博士，我應該是極少數選擇「一直」住學校宿舍的乖乖牌女生吧！在大學校園裡，我學會仰望天際，對著上帝傾心吐意，喜歡自在呼吸、散步，閱讀、書寫，談戀愛、聽講座、看電影。儘管我總是走馬看花，說不出校園花草的名字，分析不了建築物的結構美學，有時抱怨校園軟硬體和繳交的學費不成正比，經常為了找外系名師上課的教室迷路遲到，甚至還嫌棄宿舍開窗所見的杜鵑花瓣愛心擺得不夠大氣。然而，我還是喜歡在學校餐廳吃著同學不愛的自助餐，習慣耗在圖書館據地為王，有機會出遠門時，最愛借住高中同學的宿舍，為的是看看她們念的學校，體驗不同的大學校園生活。也因此，在那個沒有高鐵的年代，慢慢推進的區間蒸汽火車，汽油味與魚腥味雜陳的公車，奔馳高速公路的國光號，成為我南來北往，前進各個大學校園尋幽訪勝的必要工具。十幾年下來，文字與相片的記錄，成全我的青春，也寫下無數個美好與燦爛的清晨、午後、夜晚，當然，四季變幻的更迭，隨著身邊人事物的來來去去，慢慢譜成一首首生命的過客曲。

成為老師後，研究、教學、行政、輔導幾乎支配我的新校園生活。教書的第一個十年，從校車、搭便車到自行開車，在交通時間縮減的同時，身分改變的我，逐漸失去與校園對話的能力卻渾然不覺。校園之於我，剩下講臺所在的教室，最多再加上畢業學生拍照必去的羊蹄甲／花樹下，圖書館／階梯前。直到教書的第二個十年，我轉任到東海大學，身為基督徒的我，自然知道這是天父上帝最好的安排，可以在這裡教學、研究，何其有幸（附帶一提，來東海的第三年，二〇〇七年我成為雙胞胎男孩的娘，大起了肚子，整天被同事喊「大象來了」。不過，我從山腳下來到了山上，到底要叫「大肚山」，還是稱「大度山」，一直沒能弄清楚、說明白，建議讀者可以google不同世代的「肚」、「度」、「渡」之名，各有奇趣，為了尊重作者，本書保留不同的命名，為要「海納百川」、「有容乃大」）。來東海那年（二〇〇四），人文大樓正式啓用，我坐在研究室的桌前，一眼就能望見路思義教堂上的十字架，那光芒在太陽底下透顯一種吸引力，帶著和平、希望與愛，很多時候，撫平我的不安與彷徨。我從大度山的一頭下來，又上了山的另一頭，東海，這個偌大的校園，會帶領我到什麼樣的迦南美地呢？當時和我一起進中文系的同事阮美慧，由於年齡相近，單身的她和還沒有孩子的我，常常相約散步，在教職員宿舍區看到散落一地梔子花，我們會小心翼翼地撿回，夾在書扉中，書香與梔子的清香很合，記錄當時的姐妹情誼。

有一回在文學院上大一中文課，我想起好一陣子沒空在校園散步，立即生發「校園寫生」的念頭，帶著約莫三十名的學生離開教室，走到文理大道，一群人在時空膠囊前或坐或站，我宣布「解散！」說：「一個人走，慢慢地走，靜靜地找一棵榕樹，跟閱歷無數的樹爺爺、樹奶奶說心事，撒個嬌，嘗試和他們說話，交換祕密。」學生們覺得我「很奇怪」，在他們一張張充滿疑惑的臉龐上寫著：「寫生不是用畫筆嗎？一般的筆怎麼寫生？」十分鐘過去了，二十分鐘過去了，一個小時過去了，我走近學生身旁，問他要寫什麼？有人說，樹都不說話，我不會寫；有人說，想寫的太多，時間不夠；有人說，這太難了，不知如何下筆……我神祕地笑著，宣布：「下課！」學生一臉惘然，怎麼這樣就下課啦？我說：「開玩笑啦！剛吹了風吧？回去讀讀楊牧〈又是風起的時候了〉，他會告訴你東海的風有什麼特色。」我又說：「剛才看到文學院前的花嗎？回去讀讀蔣勳〈紫薇花對〉，他會跟你說在哪可以看到紫薇花，這花兒還不止一種顏色。」我再說：「你們去東海別墅覓食前都會經過的蓊鬱樹林，可是全臺灣最有名的相思林啊！改天去聽聽他的心跳，讀讀林俊義〈傾聽相思樹海的心跳〉，驗證一下他說的對不對？」還有還有，東海出了不少名人，孫克寬、戴君仁、梁容若、徐復觀、方東美……你可能記都記不住，但鐵定會覺得驕傲，因為你擁有的不只是一張東海大學的學生證，你所在之處，是一個可以做夢、築夢的地方，去找找夢谷吧！有機會在松園烤肉吧！查查路思義教堂內為什麼看不見樑柱？陽光草坪對面住著誰？去餵牛兒吃草吧！記得走路去，去看看東海湖活潑的魚兒，別忘了拐個彎去看看東大附小的可愛孩子，他們的笑容會讓你更年輕，更有氣息！對了，東海的建築、東海的人，故事多得不得了，記得打探一下男白宮、女白宮、女鬼橋是怎麼回事？早掃、午掃的時候，記得撿幾根樹枝當紀念品，刻上日期，寫一首詩也行。如果可以，問問系上老師，他是怎麼來東海的？在東海念過書嗎？有沒有追過東海的女生？又或者，東海為什麼是他當年的第一志願。……我的問題一個接著一個，學生們才驚覺「上當了」（不好意思，大學中文課沒你想的那麼膚淺、那麼簡單）。在校園生活多年的我，真心感覺東海是一本浩瀚無涯的大書，她值得被閱讀，更值得被書寫。我跟音樂系的學生說：「你們知道羅芳華，Rose奶奶的故事嗎？有機會去訪問她，感受一下她的溫暖和氣質，說不定你有機會成為一個氣質非凡的音樂家。余光中、司馬中原、小野都沒念過東海，但他們都幫這個美麗的校園寫詩、寫散文、寫小說，你們知道是哪些文章，在哪裡可以找到嗎？……」在我看來，小大一的中文課，不應該是刻板的高四國文，她本該有個完全屬於校園，與大學的人事物接軌，化成每個進入大學就讀的年輕人，會一直念念不忘，反覆吟唱的那首青春之歌。

東海大學的校歌這樣寫著：

美哉吾校／東海之東／挹重溟之巨浪／培萬里之長風／
求仁與歸主／神聖本同功／勞心更勞力／專業復宏通／貫精麤於內外／
東西此相逢／美哉吾校／美哉吾校／
永生之光被四表／立心立命／立人極於無窮

這是以孫克寬教授詞文為基礎，經中文系同仁共同斟酌修訂而成，配合李抱忱博士譜以典雅平和的曲調，自一九五八年傳唱至今。校歌展現本校以基督教立校的教育理想，舉凡中國文化精神、勞作制度、通才教育、東西文化融合的立校精神，無一不包。東海校訓為「求真、篤信、力行」，英譯為："Truth, Faith, Deeds-Truth attained through Faith expressed by Deeds"，六字校訓充分展現本校「真理為體，信行為用。真本天道，行維人倫。信出於己，行及於群。群不滅己，己不篡群。三者既通，學貫天人」的教育理想。

身為中文系的一員，喜歡與年輕的孩子一同徜徉校園的我，東海的故事，怎可不用文字留下片羽吉光，讓過去、現在，以及未來的東海師生，愛慕東海的人們，都留下一個永恆的印記呢？

也因此，有了這本書的誕生，與其說，這是一本大學中文課的教科書，不如說是大學校園故事跨時空、跨領域的借「味」與「越」讀。我先以本系吳福助教授編輯之《大度山上》一書為基礎，採以一人一篇為原則，割愛部分作者作品，再積極徵求校友／師生在校刊、報刊、雜誌、作品集等處發表之文，同時加入近幾年主持中區中文寫作中心——「校園故事書徵文競賽」的獲獎作品，經出版社與作者取得版權授意後確定篇目，最後定名為《借味．越讀》——選取不拘一格的作品，呈現個人的校園品味；經由越界閱讀的視角，體現校園書寫的多元性。本書分「愛與冒險，腳前的燈，路上的光」、「風雨跫音，大肚山生態紀實」、「山林繪景，來自上天的祝福」、「盛夏，緋紅熾烈的青春」四個單元，收文二十四篇，以散文為主體，兩首新詩為綴飾，故事和情味為核心，讀者從中可領略不同作者與文體的書寫風格。再者，考量校園外貌與內涵的豐富性，除了編寫東海校歌的孫克寬教授外，也取得余光中、楊牧、蔣勳、周芬伶、宇文正、徐國能等知名作家的精彩宏文；而戴君仁、徐道鄰、鍾玲、林良恭、羅時瑋、許建崑、汪碧涵等在東海奉獻青春歲月，執教多年的學者，分別以不同的專業視野，娓娓道出他們在大度山上的研究發現、生活故事，更是不容錯過；至於楊富閔、林餘佐、許閔淳、藍舸方、劉致穎等人，都是中文系科班訓練下的寫作好手，這片土地給予他們寫作的養分，未來，值得期待。

住臺中的人（住臺灣的人想必也是如此），幾乎沒有人不知道路思義教堂（這跟宗教信仰無關），假日或平日，在教堂的草坪上，人們喜歡或坐、或臥、或奔跑、或棲息，在這野餐、拍照、打球，歡笑、聊天隨處可見；偶爾到教堂內聆聽牧師講道、詩班唱歌、音樂演奏，平靜安穩如浴春風。到東海大學來散步的人們，漫步走過約農路的鳳凰樹林，自然會為這片綠意動容，恣意放鬆，吸吮芬多精給予的友好。東海的風、雨，絕不是無情無愛的那派，多年來走出有意有味的神韻，只要你在這待上一陣子，山居歲月會是一生美好的處所。如果，週間可以早點進入東海校園，大一學生一個個拿起竹掃把，在黃金灑落的陽光底下親近校園，土壤的氣味格外清新，你將看到勞作教育下一張張青春美好的臉龐，揮汗與笑語。相思林，即使榮景不在，透過書中林俊義、鍾玲等人的文字，你可以感受走過相思林的心跳聲，其實應該好好傾聽一番的。男宿舍（白宮）、女鬼橋的鬼影幢幢、故事一個接一個；牧場不只有牛兒的鮮奶可喝，夜行人兒的奇遇其實頗為精彩。東海的路，每一條都是走出來的；東海的樹，每一棵都是一幅畫；東海的花，每一朵都有自己的驕傲；東海的新生、東海的夢、東海的一切一切，聽也聽不盡，寫都寫不完，東海的故事，本該一直一直傳下去……

感謝前教務長范聖興教授，謝謝他邀我到教資中心接掌行政，讓我得以結束近十年東海宅女的狹窄視野。感謝前副校長蔡瑞明教授、教務長林良恭教授、副教務長周瑛琪教授，有你們的支持與鼓勵，讓這本書成為校園新鮮人的校園指南。感謝一起編寫導讀與分析的朱衣仙、郭章裕、林碧慧老師，以筆以情與我並肩前行。感謝中文系的師生、撰文的所有作者，你們的付出，對東海的愛與關懷，讓這本書成為一篇篇永恆的祝福。感謝所有關心這本書出版的朋友，此刻，終於要和大家見面了。期待這本書引發校園故事書的寫作效應，下一次，我們還可以繼續加碼，持續撒網、收成，將大學校園的美好，帶到更寬拓的天地！

目錄｜CONTENTS

主編序：校園青春夢　林香伶　II

愛與冒險，腳前的燈，路上的光　林香伶　001

〈四載山居〉　孫克寬　008
〈我兒子考上了東海〉　許建崑　014
〈有放光的種籽嗎？〉　周芬伶　021
〈東海夢憶〉　徐國能　029
〈新生〉　郭美宜　038
〈東海沒有觀光客〉　李貽峻　043

風雨跫音，大肚山生態紀實　林碧慧　049

〈大度山的風〉　徐道鄰　056
〈紫薇花對〉　蔣勳　061
〈遠方有雨——記東海雨景〉　林餘佐　065
〈大肚山野鳥記事〉　林良恭　068
〈東海的樹〉　汪碧涵　074

山林繪景，來自上天的祝福

朱衣仙 081
〈約農路的鳳凰樹〉 吳 鳴 088
〈傾聽相思樹海的心跳〉 林俊義 094
〈金碧的相思林〉 鍾 玲 098
〈東海心．大度情〉 羅時瑋 106
〈白宮〉 黃俊凱 119

盛夏，緋紅熾烈的青春

郭章裕 131
〈大度山山居記〉 戴君仁 140
〈又是風起的時候了〉 楊 牧 147
〈大度山懷人〉 余光中 155
〈脂肪球時光〉 宇文正 159
〈微整形〉 楊富閔 164
〈相思無語〉 劉致穎 168
〈最後你成為一幅畫〉 藍舸方 177
〈路徑〉 許閔淳 184

愛與冒險，腳前的燈，路上的光

愛與冒險，腳前的燈，路上的光

林香伶

人的一生，或「動如參與商」，或「生年不滿百，常懷千歲憂」，從初初學步、牙牙學語的小娃兒，到專業學習、獨立思辨的在校生和社會人士，甚至「活到老，學到老」的求知若渴者，千古以來，學校教育一直扮演著極爲重要的角色。也因此，不乏入學經驗的我們，初爲新生時，是不是背過不少校訓（School Motto），這些，你還記得嗎？搜索一下記憶資料庫，在博學、創新、求實、求是、明德、篤行、厚德、團結、勤奮、嚴謹、誠樸、力行、誠正、親愛、精誠……等等語詞中，哪些曾經是你就讀學校的校訓？入學時的不安與興奮，離校時的不捨與悲痛，還有印象嗎？這些經師長精挑細選的箴言佳句，是否成爲你前行的座右銘，曾經刻骨銘心，也終身受用？

如果校訓是一個學校的辦學KPI，那麼，校徽、校歌，或是校園環境、氛圍的營造，究竟提供在學者什麼樣的心靈滋養、信仰追求？精神指標？當學生離開校園時，除了帶走一紙畢業證書外，還會帶走什麼？什麼是帶得走的？什麼是帶不走的？又或者，什麼是想帶走的？什麼是不想帶走的呢？現代教育強調要讓學生在求學階段就具備「帶得走的能力」，這是指知識嗎？還是，在專業知識外的態度、高度、價值觀、性格、團隊合作、勇於追夢、自我探索、堅定的信念呢？那些無法量化，無法眼見，甚至需要時間才能顯現的氣度汪洋，到底，置身在校園的時光時，我們散播的是百年榕樹的種子，還是淺土即發的小花小草？

沈從文《邊城》這麼寫著：「作品能不死，當為其中有幾個人在個人生命中影響，和其中幾種印象在個人生命中影響」，這句話在金融大亨看來，他可能會反問，「作品」這東西有用嗎？看過後能賺進的財富有多少呢？但在教育者看來，能夠在個人生命發揮作用，那些無味無形的「印象」，正是校園生活自然孕育的「影響」，那是一彎汩汩而流，源源不絕，名為「教育」的河流，儘管物換星移，景物依舊，人事已非，卻能深深印刻在人的心版上，最是珍貴，最是難得。

本書共分四個主題，本單元居首，正緣於此。六篇散文的作者身分有老師、在校生與牧師，分別因生命的偶然、對夢想的期待、受親友的影響、青春恣意的決定、堅定信仰的回應……等等不同的緣由，在東海展開一場愛與冒險的旅程，或長或短，或過去，或現在，他們的文字有如鹽的調合，如光的燦爛，正如鷹展翅上騰。

開篇選錄撰寫東海校歌的孫克寬〈四載山居〉一文。克寬先生乃孫立人將軍姪子，早年學法。一九五五年應戴君仁之邀，五十歲的孫老師在中文系擔任詩選等課程，同時期任教的徐復觀、戴君仁、彭醇士、孔德成等人都是東海在學界聲名遠播的「大咖」。此文原收錄於《山居集》，寫的是他渡海來臺，經歷風霜侵擾後，為了找尋「甯靜平淡的新天地」來到東海大學，信仰給予他安定的力量，使他從「儒門秀士」成為「基督精兵」。在校園中散步，是他解悶排憂的妙方；辛勤灌溉後，使他得以徜徉在鳳凰木、聖誕紅、玫瑰花之間，馳騁想像、回憶兒時；抄書的山居生活，使他領略詩的妙處，體察柳宗元、韋應物、王維等人的差別，享受「大度山民」的清福；而在開架的圖書館中，擄獲「無所謂而讀書的樂味」、「安閒的讀書」、「不厭百回讀者」的清趣，得以與莊子、東坡自在對話。通篇文字溫潤有感，令人神往。

許建崑〈我兒子考上了東海〉原本是篇部落格的網路PO文，全文以「詩人兼鳥人」劉克襄之子考上東海歷史系事件展開，近似朋友間的私密對話、互勉慰語。豆鼠三部曲的閱讀經驗，讓作者「得到了訊息，也看見未來」，文中追溯劉克襄向生物系張萬福老師請益後，自然生成對生命的執著，藉由對生態的觀察與書寫，如何達到「以自己所愛死生以之」的境界。然而，「把所愛放進所愛，要擔負雙重背叛的危機」一語，則清楚勾勒出為人父母與為自己而飛的角色矛盾。身為一個東海老師，新生父母的老友，作者以堅定的口吻回應劉克襄的不安說著：「你放心，東海確實是個作夢的地方。今天是，明天也是」，且報以謝忱。

周芬伶〈有放光的種籽嗎？〉是一篇兼具創作者和校園長駐者兩種身分的深刻寫文。本文以龍貓公車站即是終點站，也是起點站爲喻，帶入一群又一群鹿橋《未央歌》筆下的蘭燕梅與小童，及一個又一個趙滋蕃《半下流社會》中的李曼與王亮，穿過校園、青春、離散、歸屬、書寫、反思等一條條的絲線，織就文章綿密和細膩的風格。作者先交代選擇東海就讀的家族淵源，再細訴與老師趙滋蕃的師生情緣，從心戰喊話到老師家中作客的家人關係，帶出「全方位陶養」、「精雕細琢」的教育觀。成爲人師後，則將「老師對我們如孩子，我們也將學生當孩子，這是老師對我最大的影響」化爲教育實踐。在創作課中，周芬伶帶領學生與作品相互求索，說明「美麗與自由的校園」是寫作者優遊其間的成因。創作如何教，怎麼教，文學棒次如何傳承，成爲本文最發人深省的提問。作者認爲「老師是一個園丁，學校是愛心農場，必須種下一顆顆種籽」、「大學裁併後，回到最初的原點，老學校老傳統就是品質保證，在這戰國時期，東海應找到自己的特色」，疾呼「傾聽內心的聲音」。對於校園的變化，環境、人事、新生，作者以種花爲喻，提出「『慢』是開花的藝術，也是創作與教育的精髓」的觀點。最後表達對七年級創作者的企盼，四句看似俏皮且堅定的對話收尾，宛如一對發亮的期許之眼。

〈東海夢憶〉由專長古典詩學的徐國能執筆，通篇詩意盎然。本文以王安石詩歌首尾相映，說明自己從臺北南下臺中讀書的原由，以及在東海完成大學、碩士學業，與婚禮的過程。對作者而言，司馬中原、楊牧、許達然、楊逵、蔣勳、夐虹、杜維運等人的校園書寫對他產生吸引力，致使他懷抱少年憧憬，漲滿船帆，渴慕航向「東海」。在陳年舊夢的回憶中，徐國能認爲東海大學是一所「深具文化情懷與自然景觀的校園」、「處處充滿啓發性的地方」，校園之美，是一種「理念的實踐」，對學術、人生與生命的「純眞體認」。而校園顯與隱、進與退、中與西、動與靜等特殊的設計，使在其中求學、戀愛、生活的年輕學子們，得以體認自身生命的點滴，是他最爲難忘的回憶。徐國能分享轉系、勞作制度的親身經歷，說明領略「大度山時間」的從容與不迫、楊逵〈愚公移山〉的深掘反省，如何提供萌發自身情感與理智的機會，最後在路思義教堂接受婚禮的祝福，字裡行間流露對大學校園無盡的懷思，正所謂「記憶是一瞬間的存在，亦是一生的相思」。

與前面選文性質不同，〈新生〉是一篇以在校生視野寫成的新鮮人序曲，採取遞進的探索模式陳述，踏進大學校園的忐忑不安、憧憬未來、躊躇滿志、期待冒險……等等心情。在「不願如此任意被安排」、「迷失在自由海」、「深感無助，必須尋找一穩健的依靠」等轉折中努力前行的作者，彷若一名校園菜鳥解說員，帶領讀者從路思義教堂的草坪徜徉，路經書聲琅琅的文理大道，最後抵達讓她懾服的圖書館，進而感知大學給予新鮮人的祝福。文末設想自己成爲學者的形象後，重獲面對眼前的勇氣，得以莊重地確定未來，展開新生之旅。

本單元最後收錄校牧室主任牧師李貽峻〈東海沒有觀光客〉一文。本文可略分前後兩段：前段追溯作者五歲時以「陌生觀光客」身分，第一次與父親走進東海校園，大學再與「曖昧學妹」以探訪阮大年校長名義，二度「觀光」東海的幼年與青春記憶；後段以「如果生命就像觀光，那怎麼會有人敢踏上一趟沒有詳細行程安排的旅途？」轉換寫作語氣，說明一群帶著高等教育種籽的飽學之士和宣教士，爲了奉獻對上主永恆的呼喚，如何渡海展開一場愛的冒險，宣示「東海大學的確切事物和標準，就是基督教的信仰」，他們創辦東海大學，孕育東海獨有的自由靈魂。文末舉物理系劉大衛老師爲例，闡釋$E = MC^2$定理的生命眞義，並爲「東海人」下註腳——「從來就不是個觀光客，而是知其所終的生命冒險家」，期勉在校生成爲一個「有智慧的探險者」，全文充溢牧師對東海的愛與祝福，期待開展「一個比東海更大的脈絡」。

四載山居

孫克寬（1905～1993）

畢業於私立北平中國大學。一九五五年至一九七二年任職東海大學，擔任詩選等課程。退休後前往加拿大，仍研究不輟。主要研究元代史、宋元道教、詩學等範疇，同時投入古典詩詞創作與新式散文寫作。

今天是一九五九年的聖誕節。時光過得眞快，到這座大度山裡，分享基督的平安，一眨眼間，已經是五度佳節了。窗前的聖誕紅在風前搖曳招展，架子上的藤花，一簇簇地爬上窗櫺，聖誕夜後的甯靜，帶給人們心中一片溫馨，這就是奇妙的宗教生活。東坡詩說：「因病得閒殊不惡，安心此外更無方。」古往今來，從西到東，無數哲人的箴誨，無量人們的追求，也不過是方寸間平安，這豈是金錢、權勢，和各色各種物質享受所能得來的？在這靜謐的書間，不禁使我洄溯起四年來的山居生活。

儘管我是個鄉下生長的人，可是自童年以後，就一直在奔走四方，所度的多半是城市生活。車塵馬足，營營擾擾地四五十年中，到底獲得些什麼？成就些什麼？恐怕連自己也莫名其妙。要說有獲得，那怕是只有無邊恩怨，無窮煩惱！所以渡海以後，我便一直想放下過去一切，另找一個甯靜平淡的新天地，於是我開始摸索宗教的信仰。當四十四年東大成立，曾約農先生到我家約我教書的那一刹那，一個意念，像一道閃光通過腦際，這許是「神的呼召」吧！記得那時，住在一個軍事首腦部對面，兩間破屋，寒傖無比地，面對著豪壯的行列，早晚都在軍號聲中坐立幾番，心靈枯澀得有如沙漠。偶而在籬角發現一朵藍色牽牛花，也把牠當作瑤草奇葩，放在眼皮上供養！此時此地，忽然在眼前展露一幅遠隔塵寰的學府的映畫，豈非夢寐以求的事嗎！於是在寒風凜冽的早上，來到還是「不毛」時期的東海校園，一直就蟄居了四個整年。想起初來時，山頭只有一兩座新建的建築物，道路是亂石崚嶒，雜草滿徑。有名的「東海風」正像大海狂濤，沒晝夜地翻騰作勢，好像要吞噬我們這些新來的客人似的。起居日用，是那樣地不便，多少人都不自禁地要中途告退。可是一股安定的力量，從第一屆聖誕夜的歌聲的飄散中，從午夜夢回風雨交加，一片悠揚而生氣盎然的「新生王，今降生……，」歌聲中，打進了我那尚未認識救主的心中。不惟增加了住下去的勇氣，而且也喚醒了夢中人，你不是要找安心之處境嗎？這裡正是！於是在第二年，我便受了洗，由一個「儒門秀士」，變做了「基督精兵」。誰說山居是平靜地，這一種轉變也就夠大的了。

山居最好的享受，除了上面所說的宗教生活，其次應該說到的，便是散步與澆花。我一天中最大的喜悅也是散步，無論是悠閑時，是煩悶時，散步是最好的排遣，山中，對這個可以無限制地供應。它不會有滾滾波濤的汽車群來威脅你，也沒有歌吹沸天的市聲來打擾你，靜靜地原野，潺潺地流泉，不知名的野草閒花，松根澗石……，這些皆可以隨處供你流連。抬起頭來，天上一縷兩片的白雲，飄然而過，現在能夠使我流連的只有那斷崖涸澗，還可以找老樹亂石去對譚。

梁任公曾比喻教育生活如同種花，天天有不同的趣味發生，可是山居的我們，卻眞地以澆花爲教書以外的功課。早或晚，總要澆上一二十桶水，初來時花樹剛種下，而這裡又經常缺雨，唯一的泉源便靠著人工灌溉，每天澆它，也默默地禱祝它快快長大。果然人力戰勝天行，素來不長樹木的大度山，今天已經是「蔥蔥郁郁」了，每家都有他特別的標記。我的宿舍是以鳳凰木種的最多，今年已經開花了，可惜颱風頻來，散碎的黃金蕊，打得滿地繽紛。其次就是聖誕紅與玫瑰花。提到玫瑰花我眞不曉得它是那樣地慇懃，十月一開，濃香滿院，拳頭大的花朵，含笑在牕門妍爭寵，月光如水之下，更逞現她的婀娜嬌姿。誰說山居是冷淡呢？你於是半躺在地上，引首向遙遠的天空，騁馳你的想像，休息夠了再起來走，夠多麼輕鬆舒適！我的故鄉是在淮南的湖澤之區，起伏的丘陵，禿禿的山岡，宛然像這平坦地大肚山。村子裡一幢幢地草房泥墻，塗些個牛糞，庄子頭一堆堆地稻草堆，十足地是中國樸質農民面目，在這裡我竟也發現像那樣情形的附近村莊，又拉回了兒時的夢影。我曾到山前後的莊村裡遠足，好像回去一趟故鄉一樣的滿足。可惜四年來，逐漸改造成現代化，光滑的柏油路代替了峻嶒的石徑，整齊的園圃代替了野草閒花，土頭土腦的鄉民生活，也東施效顰地洋化起來。

山居對時間觀念，也許馬虎得很，常常一坐終日。許多要覆的書札，要想的事務，都忘卻了。我向來喜歡抄書，斗室靜坐，東抄西檢，一年總有好幾本。我曾抄了好幾家詩，只有在抄的時候，才領略到詩中的妙處。像柳州詩，我從前從不能細讀，可是一邊抄一邊讀，才領會到他那一種峻潔安雅的風度。「解釋無聲絃指妙，柳州那得及蘇州」，其實韋應物的詩，淡雅固然令人讀之躁釋矜平，但缺少柳子厚詩的一種微澀之味，不夠咀嚼。詩太澀太苦像郊島，也未免太自苦；但太淡太甜，也使你覺得刺激毫無。能於自然中有苦澀之味者，柳子厚，王半山，似乎較合我的口味。因此我抄了柳詩的全部，王詩的一部份，連帶地我對方回詩也起好感，素來不經人道的桐江集，我也抄了二百多首詩。聽訓齋語，講過「掃地焚香，清福已具」，羈旅飄零，連個香爐也沒有，早已不知此味了。靜室抄書，聽窗外的鳥語風聲，都是我這「大度山民」的清福。

年輕時喜歡東塗西塗，到臺灣來賣文助家用有五六年，讀到一本書，便想發揮其義，作寫文章的資料。其實淺嘗輒止，未免「郢書燕說」。這幾年可使我了解無所謂而讀書的樂味。我每週在圖書館總有三四次，東海的開架制度，使我隨意翻閱，但以興趣爲主，縱橫閱讀，也不作徵奇炫博之想。回來家時，晚飯以後，一燈相對，架上新添的幾十種書，更由我任意涉獵。心有所得，便像鑽油礦發現油源一般的快樂起來，即使是少年已讀之書，我都仔細地再加朱點，像莊子，從前是在內篇裡打轉，最近卻覺得外篇裡還有無窮的寶藏。可是我絕不繁徵博考，作文字的蛀蟲。我祇用我的心靈，去接觸當時作者的心思，讓它相互交流，我覺得這樣才是安閒的讀書，爲尋求快樂而讀書。又想起東坡的詩：「舊書不厭百回讀，熟讀深思子自知」，東坡是善讀莊子的，大概所謂不厭百回讀者，就是我此時的心境吧？

正由於這些平凡而又有趣味有享受的生活，使我深深地愛上這座山園。儘管它沒有林壑之美，也沒有變化萬千的氣象，我仍然是熱愛著它，於是我低低吟道：

「相看兩不厭，只有敬亭山。」

閱讀延伸與討論

一、作者爲何來到大度山？山居生活爲他帶來什麼樣的變化？這些改變對他產生什麼樣的生命意義？

二、作者認爲讀書的目的是？讀書對他的生活產生什麼樣的影響？從本文中，可看出他平時讀書的習慣是什麼？請嘗試搜尋圖書館資料，列出一張作者的讀書清單。

三、如果你在校園中尋找到一個安定心神的信仰力量，那會是什麼？爲什麼？

我兒子考上了東海

許建崑

一九四九年生，臺北市人，祖籍福建安溪。東海大學中國文學系碩士、退休教授。專長明代文學，對古典小說、現代小說、兒童文學均有涉獵。著有《牛車上的舞臺》、《拜訪兒童文學家族》、《閱讀的苗圃：我的讀書單》、《閱讀新視野——文學與電影的對話》、《閱讀人生：文學與電影的對話Ⅱ》、《移情、借景與越位：當代作家作品論集》等書。

前幾天聯合文學借東海的場地舉辦巡迴文藝營，我也去湊湊熱鬧。

遇見詩人兼鳥人的劉克襄，兩天之內兩度向我說：

「我兒子考上了東海，可惜不是中文系，是歷史系。」

喔！是那個聽著你講豆鼠三部曲長大的孩子！

在我心裡的印象如此。

劉克襄一九九七年發表豆鼠三部曲。

首部是《扁豆森林》。森林豆鼠向北探險，尋找新環境，反而引發高原豆鼠入侵。殘存的森林豆鼠向南逃往草原，避難海中小島，並試圖反攻，結果在彼岸的小木山潰敗。

第二部《小島飛行》，高原豆鼠決定殲滅殘餘渡海攻擊。退守小島的豆鼠，仍自稱大森林豆鼠，先後與熱帶豆鼠、羽毛豆鼠發生衝突。

高原豆鼠空降襲擊，小島、熱帶、羽毛豆鼠只得聯合一線，並向深山裡的斑紋豆鼠求助。

第三部《草原鬼雨》，浪人小燕草前往高原豆鼠的京城，串聯反抗勢力，尋求復國機會。結果在兵燹中看著森林成爲灰燼，孤獨而悲傷地回到草原老家。

能閱讀三部曲，全然是託了這兩個小孩的福氣。在他們老爸的腦海中，他們的睡覺床前，被編成的故事。簡直是一部用寓言寫成的中華民族兼併史。

我開玩笑說，我們可能是蚩尤的後裔，卻拜黃帝爲祖先，「認賊作父」是無奈的，歷來如此，如：

綠色的背棄祖先，以「祖國」爲敵；

黃色的忘卻家國之痛，而與「敵國」示好。

是祖國，還是敵國？在政治的傾軋下，人被犧牲了，被區分爲鷹、鴿、統、獨、藍、綠、紫，純然爲政治的工具或籌碼。

我在劉克襄的豆鼠世界裡，得到了訊息，也看見未來。

現在，這個聽豆鼠故事長大的孩子要來讀東海歷史系，
是因爲床前故事種下的根苗嗎？

劉克襄對東海的感情，應該是建立在他當完兵，
走進東海生物系向張萬福老師請益的時候。
那時候他的眼睛只有鳥，飛翔的生命，
以及生物系那些爲數眾多的鳥標本。
（那些鳥標本毀於一旦，從現在男生宿舍交誼廳被丟棄。因爲積塵甚厚，年久失修。）

我相信在大肚溪口、淡水河口，
劉克襄找到了生命的翺翔，
在《風鳥皮諾查》、《座頭鯨赫連麼麼》，
寫出了臺灣生態小說的典範。
但我頂不喜歡他最近寄給我的《野狗之丘》，
是一本愛鄉土、愛生靈的教材，

坊間挺熱，也是愛狗團體的最愛。

劉克襄對生命的執著，還有一例。

那天聯合文學巡迴營的結訓，

劉克襄說，他們那一組學員和上課老師，

總共五十人，共同寫了一首十六個字的詩，

只要其中有個人得到諾貝爾文學獎，

我們就可以跟後代子孫說：

「我曾經和一位諾貝爾文學獎得主共同寫過一首詩！」

他又說，在我死的時候，請把這首詩燒成灰，

和我攪拌，一起投入——

瘋子嘛！只有瘋子才會以自己所愛死生以之，

我好久好久沒有聽聞過這樣的訊息。

「我兒子本來不想塡東海，是我——」

「爲什麼問四、五、六年級的人都說東海好？而七、八年級的人都不喜歡東海？爲什麼？」

「東海是一個可以讓人作夢的地方。眞的，可以讓人作夢的地方。」

劉克襄自問自答，反反覆覆。

我知道劉克襄內心的不安。

把所愛放進所愛，要擔負雙重背叛的危機，

而我，不可能是全東海的代表呀，

卻須要對劉克襄說：

「你放心，東海確實是個作夢的地方。今天是，明天也是！」

沒有理由，在你人生的中途點，

去背叛文學、夢想，以及教育的責任！

謝謝你，克襄！我收到你帶來飛翔的訊息。

閱讀延伸與討論

一、請分享「把所愛放進所愛，要擔負雙重背叛的危機」這句話的意涵？你所念的科系是父母親的期待還是自己的選擇？當與父母的觀念不同時（特別是人生抉擇），你會如何面對和解決？

二、作者和劉克襄都認為「東海確實是個作夢的地方」，你的看法呢？對於未來的大學生活，你懷抱什麼樣的夢想？

三、請簡述劉克襄的寫作特色，並列出一張劉克襄的作品清單。文中提到的豆鼠三部曲、《風鳥皮諾查》、《座頭鯨赫連麼麼》等書，主要的內容是什麼？另外，為什麼作者不喜歡《野狗之丘》呢？請推敲一下原因。

有放光的種籽嗎？

周芬伶

一九五五年生，筆名沈靜，臺灣屏東人，國立政治大學中文系學士、東海大學中文研究所碩士。現任東海大學中國文學系教授。曾獲中山文藝獎、吳濁流文學獎、吳魯芹散文獎等。著有《花房之歌》、《閣樓上的女子》、《汝色》、《母系銀河》、《青春一條街》及《散文課》等書。

我住的附近有個小小的老公車站，歷史有五十年以上，可愛的造型很像龍貓公車站，曾經它是公車的終點站也是起始站，載來一群又一群的蘭燕梅與小童，最後載走一個又一個李曼與王亮，現在它廢棄已久，只有終年不斷的落葉與松鼠來訪。

廢棄的車站像一本塵封的書，令人空惘。沒有終點沒有起點，像是回歸自然成為它的一部分。

三十三年前我搭著二十二路公車到東海，妹妹因堂哥讀生物系讀東海，我因妹妹讀東海而來到這裡，後來小妹、堂妹也隨之報到，五個東海人沒有一個會唱東海校歌，太難唱了，剛來時學校很自由，我沒參加過升旗典禮，也沒見過校長，更別說是訓話。

那時，全校一千多人，三個研究所，只有二十一個研究生，於是成為師生注目焦點，住的是兩人一間的研究生宿舍，每個星期都要跟所長面談，報告讀書進度，東海的勞作多半掃地刷廁所，只有研究生在圖書館管影印。我對新文學較有興趣，提過「新月派文學研究」、「沈從文研究」等論文題目都被打下來，灰心之餘常蹺課，有一天學姊跟我說趙老師點我名：「叫那個有氣質的孩兒來上課。」老師的心戰喊話太厲害，被這樣說能不去上課嗎？

跟了趙老師才進入未央歌式的童話生活，老師的家是青年活動中心，也是半個調景嶺，巴黎公社生活，上完課一路送老師回家，一路唸：「落花徑上緩緩歸」，因為校園太大路太長了，到家後大夥兒燒菜烹茶，擺龍門陣大談咖啡館哲學，那時有個學妹迷金庸與楚留香，她的五官都很大，大圓臉大眼睛大鼻子，嘴巴尤其大，半長髮綁兩條小辮可愛滴滴，大家都「ㄚ頭ㄚ頭」地叫她。她迷武俠小說迷到修成精，古靈精怪應該是蠱毒派之流，或者是豪邁版的藺燕梅，她給每個人封號，於是大家都是某師兄某師妹，每天一見面都是：「大魔頭，吃你奶奶一刀，還不趕快求饒？」「你這小賊，看我打得你落花流水，叫你師父的師父來報仇吧？」那時《楚留香》正風靡，她每天談的都是「香帥」、「蓉蓉」，有時她也會很柔情地說：「他讓人見了忘情，卻也忘了一切人。」或「見了他，一輩子不想結婚」。

有這樣的師妹，自然一個個也變成師兄師姊，我像哪個人物呢？我不愛讀武俠，也不愛《未央歌》，較像西蒙波娃，對思索性別與存在始終有興趣。

東海因為師生都住宿，關係像家人，同時方師鐸與柳作梅老師也有一群徒兒，大家都喊柳老師「柳叔叔」，師徒制的好處是能得到較全方位的陶養，但也容易瓦解與形成派系，早期因人數少，大家都蕭散較沒這問題。我贊成小學校小班制，一個老師全心帶好十幾二十個，教育就是要精雕細琢。

老師當上系主任之後，大力改革中文系，他是臺灣第一個把現代文學作為必修的中文系主任，且大一修新詩，大二修散文，大三修小說、文學批評，大四修戲劇、美學，這儼然是現代文學系所的概念，自然引起相當大的反彈，但也種下一顆種籽。我臨危授命，硬著頭皮教小說必修課，天哪，當時我才二十七八歲，才剛開始寫作不久，教一年，不長痘痘的我長一臉毒痘，但上完一年課，師生感情熱絡，寫作成績不俗，還編一本《小說專刊》，寫作、編輯、發表一貫，現在已成慣例。老師對我們如孩子，我們也將學生當孩子，這是老師對我最大的影響，想來我算是大學較早教創作課的。

創作課的特點是自由，沒有臺上臺下之分，也沒有課本，沒有老師，我們正在寫的作品就是我們的課本與老師，因爲創作不是過去式，而是現在進行式與未來式，一旦開始寫，你向作品求索，作品也會向你求索，引導你如何繼續。你與作品相互求索，誰也難介入。讀最新的不完美作品比讀經典更重要，讀了經典就不想寫了，我寧可他們讀彼此的文章，我也跟他們交換讀正在寫的作品，彼此互評；多多地觀賞電影與其他藝術，讓文字有影像感與故事感。

寫作者最需要的是對的環境，東海有長久的文學傳統，數不清出現多少作家，美麗與自由的校園應是最大的成因，它保持了希臘哲學家的學園與未央歌的神話殘餘，讓創作者優遊其間。

許多人說創作不能教，我認爲有可教與不可教，天分是不可教的，但天才也需要對的環境對的方法；可教的是啓蒙，對於還未開始或走小路的人，可以引向較寬大長遠之道。

自從文學市場凋零，《東海文藝》停刊，讀者群大量減少，愛寫作的人還是一樣多，看我們的文學獎就知道了，大家愛批評文學獎，如果連文學獎都沒了，大概更沒人想寫作。

但也不能依賴文學獎，現今文學的主流在哪裡？以前是媒體，現在是文學教育體系，學院是龍頭，國中小老師尤其重要。國文課教什麼？教得好不好？關係到我們的文學基礎與能量。

大專任教的老師也不能推卸責任，不能迎合大眾口味而失去批判精神，身在主流中而無擔當，文學當然沒希望。

我們不需要大師名師，需要的是園丁。因爲現代人空洞無根，老師是一個園丁，學校是愛心農場，必須種下一顆顆種籽。

現代作家的配備要比以前多，要會電腦，看的書更多，鬥志很重要，因爲競爭越來越激烈。

東海從小學校小班制到大班大學校，現在師生近兩萬人，樹木越砍越多，大樓一棟棟蓋起，它的特點與優勢漸漸失去，但我總想，大學裁併後，回到最初的原點，老學校老傳統就是品質保證，在這戰國時期，東海應找到自己的特色。

我妹的小孩讀美國「小哈佛」，學校很小只有大學部，這學校以文科取勝，許多作家與學者群聚這裡當老師，小班教學，師生關係緊密，才唸一年，浮華的個性全改了。他高中就得文學獎，劇作在大劇院演出，春風少年志得意滿，愛穿名牌，到這學校後，發現每個學生都一樣厲害，連樣子也接近，老師得的獎更多，彼此激勵，他每天埋頭在寫作與讀書，穿什麼也不在乎了。

這種菁英教育不適合臺灣，但臺灣至少要有一所，東海就很適合走「小小哈佛」路線。

在東海超過三十幾年，初來時每天經過路思義教堂，走向舊圖書館，那時最吸引我的是宗教與哲學書籍，讀到靈魂飄升，覺得時時刻刻與神或存在對話，連睡夢中也看到神的光，我的心跳得多麼激烈，就要從口中跳出來，我願獻身於某種理想或信仰，就是那股狂熱將我推進政治與愛情的激流中，而闖下許多禍事。

狂熱與激情是成大事者的動力，但也是闖大禍的基因。

多年來我刻意離東海遠一點，尤其是路思義教堂。

經過三十年，住到東海裡面，離路思義教堂只有三百公尺，每天清晨從門口梅花樹出發，途經陽光草坪、郵局走向路思義教堂，再也沒太大的狂熱與激情，當我的手觸碰教堂的琉璃牆壁，像來到哭牆而沒有一滴眼淚，我默默離去，不刻意祈求什麼，也不期待什麼，只是傾聽內心的聲音。

大多的時刻是無聲，然也有窸窸窣窣的聲音，互相小聲對答，以極低微的音量。我相信東海藏有龍貓，因爲那個龍貓公車站，也因爲只有少數人能與牠對答。二校區開發之後，統聯的綠色巴士轟隆於草木之間，龍貓有一天會不會被嚇跑呢？

現在我栽花種樹，成爲名符其實的園丁快兩年，發現花草成長的速度懸殊，長得最快的是野草與竹子，三五天淹到膝蓋；長得最慢的是蘭花與梅花，蘭花從抽芽到開花要一年，梅花開花要三五年以上，「慢」是開花的藝術，也是創作與教育的精髓。

現在的七年級生眞眞不能小覷，他們有四年級的念舊，五年級的熱血，六年級的鬥志，七年級的搞笑，這一波也許是東海三十年來最大的一波，蘇家盛、楊富閔、周紘立、楊莉敏、楊文馨、蔣亞妮、包冠涵、林牧民……，他們有的早早成名，有的深藏不露，但對文學的狂熱是一樣的，師生之情也是一樣的。

他們一定在哪個相思林中遇見龍貓，並跟他們窸窸窣窣說起話來：

「你有那種很漂亮很大顆會放光的大樹種籽嗎？」

「有啊！但是不見了！」

「快找找。」

「丟了的東西找得回來嗎？」

閱讀延伸與討論

一、本文以「有放光的種籽嗎」爲題，請在文中找出相關的寫作線索，並說明這個命題的特點。若爲本文重新命名，你的題目是？爲什麼？

二、本文選自於周芬伶《創作課》一書，請對照本文和書上的其他內容，說明周老師創作課的教學理念特色？這與你印象中的「作文」、「寫作」、「創作」等概念有沒有相近或相異的地方呢？

三、如果有機會參與校園營造或課程規劃的會議，你有什麼樣的建議？（可試擬一份具體的企畫案）

東海夢憶

涂國能

一九七三年生，東海大學中國文學系畢業，國立臺灣師範大學國文研究所博士，現任國立臺灣師範大學國文系教授。曾獲聯合報文學獎、時報文學獎、教育部文藝創作獎、臺灣文學獎等。著有《第九味》、《煮字為藥》、《綠櫻桃》、《詩人不在，去抽菸了》等書。

說起王安石這位拗相公，大多數的人總有一些不好的印象，這些負面觀感不知是否來自中學國文課本裡的〈辨奸論〉，好像北宋朝政是被他一人刻意傾覆的一樣。不過文學裡的王先生遠較政治裡的王丞相有趣得多、可愛得多。王安石的詩興飛動，宋朝除了蘇東坡、陸游等少數大名家，大概很少人及得上他，連一代文宗歐陽修都要讓他半步。而我也一直覺得，一個能在詩歌裡寫出眞情意的詩人，應該不會壞到哪裡去才是。

王安石在四十八歲入京執政，走過「西太一宮」，信筆在宮牆上留下詩句：

柳葉鳴蜩綠暗，荷花落日紅酣。三十六陂春水，白頭想見江南。

三十年前此地，父兄持我東西。今日重來白首，欲尋陳跡都迷。

這詩映紅染翠而神態蒼然，訴說人生裡輕輕的一嘆。不知為何，讀罷掩卷，總讓我憶起我在東海大學的許多陳年舊夢。

東海在我的回憶裡究竟賸下些什麼呢？

初春晚夏，薄秋嚴冬，是茂密的相思林與與遍地華蔭，還是寂靜的檐角、迴廊的跫音，東海是壓在玻璃板下的明信片，自遙遠的昨日寄來。

在我唸中學的那個時代裡，大學就像是一個遙不可及的夢，那時每個人都告訴我，東海大學是臺灣最美的校園，我也深信不疑，因爲只有在那樣美麗的校園，才會有司馬中原老先生的小說《啼明鳥》中那麼美麗的故事。更何況少年時代我最景仰的詩人楊牧、散文家許達然，都是東海的校友，此外，楊逵不也就在東海花園揮鋤筆耕嗎？還有藝術家蔣勳、女詩人敻虹，或許就會與我在文理大道的石級上擦肩而過……懷著許多年少憧憬，我離開熟悉的臺北，來到東海大學這個深具文化情懷與自然景觀的校園，並且因爲崇拜杜維運先生的學術成就，於是我也選塡了歷史系，像是一個渴慕大海的孩子用指尖觸碰到了浪花的尖端，在南下的火車上，我的心是一張漲滿的帆。

東海的確是一個處處充滿啓發性的地方，對於一個剛剛高中畢業，歷經了長年制式教育的大孩子而言，這種精神上、智識上與修養上的啓發彌足珍貴。我在東海的歲月裡，從來沒有找到任何一個問題的答案，包括學術上或是人生上的，但我每天不斷發現新的機趣。大約是對於校園的景觀有著一份自豪，甫到東海，總有人在有意或是無意間談到校園內一磚一石的特殊來歷或是設計意義，我漸漸體會出來，這所大學的美，並不是來自蓊鬱的樹林或別致的建築，而是她整體而言，是一種理念的實踐，這種理念，又來自於對於學術、對於人生、對於生命的一種純眞體認，因此她充滿了理想主義的人文氣質，以及自由主義的理性思索，正因如此，東海之美不是巍峨懾人或是五光十色的絢麗，而是幽深淡泊的寧靜中所表達出來的活潑與自適。

臺灣的社會是一種線性的發展模式，往往只崇尚單一的價值與追求單向的目標，因此有時過於積極與世俗，使人覺得平板而乏味。但東海的設計卻非如此，在她的園林中處處是顯與隱的對話，進與退的斟酌，那麼適切地調合中西，並讓物我相忘於江湖，像是太極中的靜與動，巧拙之間自有一派氣度。傳統文化、基督精神與大學理念……這些元素看似並不相容，但在設計者的安排下彼此相互映襯，反而得到更加完整與深刻表述。這些理念的實踐讓我們這一代懷抱傳統文化不深，又接受西方文明尙淺的學子，總能夠放下厭倦的火氣與無適的不安，在校園中重新思考學術與生命的點滴內涵。

經過一年的生活與學習，我在大二的時候終於還是體認到自己缺乏治史的才情與氣度，而文學對我又有著不可言喻的吸引力，於是便申請轉入了中文系，所幸文史在中國傳統的學術裡並不是截然無關的兩個學門，而大一修習的又多是一般性的課程，所以並無耽誤。然以讀書環境來說，東海實是一最適合，但同時也是最不適合的地方。她有太多的樹蔭與清風，你可以隨意坐下展開書頁，但也極容易就此徜徉了過去；她有太多可愛且風格獨具的咖啡店，你可以在那裡談文學、論藝術、說電影或是話音樂一整個下午，但也往往錯過了該去上的課，該去讀完的書，因為好香的咖啡你會忍不住想喝第二杯，與朋友的話頭又才剛剛引燃。而時間，在大度山上永遠是明天之後還有明天的從容與不迫。四年下來，只是一瞬的光陰，只是了無遺痕的一場清夢吧！

東海大學還有個奇特的「勞作」制度，凡大一新生必須義務打掃校園一年，這項措施後來好像亦廣爲其他大學所接受，這種制度當然也是源於環境教育的理想，雖然我們有時不免怠惰，但「參與」的確是讓每一個個體融入並且認同環境的最好方式。我負責打掃文學院的草坪，在鳳尾竹與老榕樹間拖著掃把，掃卻了來到東海第一年的四季，理出了一條通往內心的祕密小徑。楊逵有首歌曲〈愚公移山〉，歌詞是這麼說的：

大肚深似海　水清可見底　大肚山不是臥龍崗　黃袍在故宮
我們要好好學挖地　要深深地挖下去
好讓根群能札實　從現在就要學挖地……

輕快的歌聲帶我在一剎那間回到了過去，那個相信理想存在，並且願意追尋某個理想而放棄一切的少年時期。對於土地的深掘似也是對於自我內在的反省，這是不是「勞作教育」的宗旨我不知道，但東海最可貴的情誼，並不是在於頒發了學位證書給曾經在這裡唸書的我，而是給予我一個機會，來爲這片美麗的、理想的夢土去流一滴汗、費一份勁。他們都說：「東海的一切是每一個在這裡駐留過的人所創造與留下的，從磚木土石，到樓閣殿宇。」對於常偷懶的我，這樣的說法實是過高的榮幸，讓我愧赧不已。但大肚能容的她都默默包容了，那些年輕的不懂事，那些人性的不完滿。

大度山既是慈母，又似密友，我曾站在宿舍的欄干旁與朋友無目的的亂聊，那時初夏的晚風從夕陽深處吹來，那種美好卻無法挽留的逝去，總使人想起了村上春樹的小說，青春面對無法解釋的無奈與孤獨。我也曾走在假期中的校園，濕冷的雨像是一首晚唐的詩，或是一幅明朝的畫。我的情感與理智都在東海的校園中萌發、成長，如今也對那段日子有著無盡的懷念。

我的婚禮也是在東海完成的。

妻子與我是碩士班的同學，我們在這裡相識相戀，因此一致覺得應該在這片美麗的校園中接受祝福。我們的婚禮選在詩人節於馳名中外的路思義教堂舉行，陰晴不定的六月，陽光從教堂一線天窗灑落，眞似上帝的祝福，也讓人驚嘆教堂設計者動人的神思。

唸書的時候我們喜歡在校園裡散步，從地勢最高的圖書館，走下地上漫流清光的文理大道，穿過教堂的草坪，沿著密樹，校長公館、院長宅、教職員宿舍區……一直走到牧場的側門，穿過馬路去亮晶晶的小店喫一碗茶。黑夜中星河斑斕，樹叢間的窗口隱閃微光，有時透著雄辯，有時夾雜鋼琴練習的旋律。我們也曾在清晨散步，我在女生宿舍大門外的菩提樹下等待，滿天流雲，像鄭愁予的詩〈晨〉裡面那樣描述的：「鳥聲敲過我的窗，琉璃質的罄聲，一夜的雨露浸潤過，我夢裡的藍袈裟，已掛起在牆外高大的旅人木……」然後我們相約，輕輕穿過木葉的香氣，走向微曦底未散的薄霧。

記憶是一瞬間的存在，亦是一生的相思。畢業之後，很難得才能回東海一趟，有時聽朋友說起，某某地方又蓋了樓房，某某教室遭到了拆除，某某處新闢了一條道路……，這些時候總是失落的，覺得自己的記憶遭到了未曾告知的侵犯，在情感上無法接受「盡是劉郎去後栽」的改變，彷彿自己被排除在這個曾經熟悉的空間之外，無法將過去的熱情與現在一同分享，亦無法對新的一切培養出濃郁的感情。然這實是可笑的，我們不可能永恆地將某個空間佔爲己有，我們只是時空交會處的過客而已，雖然有著情感延續的期望，但也許更無私接納每一個時期的東海，正是相應了她在設計之初的原始理念：那開放與包容的心，是所有美感與智慧的泉源。

離開東海多年，在許多不同的城市，許多迴異的校園，煩囂的生活，奔忙的生命，東海在我的回憶裡究竟還賸下些什麼呢？

我多想與妻子再一次輕輕地走在東海的石板路上，對於人生還有著無限的茫然，無限的想像，穿過那些清香的霧或是黝暗的光，我多想再一次拿著書本，在老榕樹底下做一場青春之夢，或是在紙上寫下詩句，只為歌詠一片飄落的秋葉，或是一隻遠飛的鳥雀。

「今日重來白首，欲尋陳跡都迷」……

這句詩深切我心，已中年的王安石來到少年時曾經駐留過的苑牆，即使景物依舊，大概也有太多不可追懷的東西逝去了吧！

初到東海，十八歲的心情，臺中是九月的藍天，炎陽蟬噪，父親為我提著簡單的行李，我們在男生餐廳吃了碗麵，在活動中心買了蓆被，找到了寢室稍事布置後父親便離去了，當時的確對「人生旅程」這句俗話感到了些許況味。今日回顧，歷歷如昨，然人事已然全非，雖是同樣的晴天碧樹，同樣的人去人來。

美景良辰，流光似水，東海在我的記憶裡是人間匆匆一夢，可以言說與難以表述的是沉謐的追憶與惘然，靜夜偶思，我想大多的人生風景，也許都是九月的校園那般映紅染翠而神態蒼然的吧。

閱讀延伸與討論

一、本文以王安石詩作貫串首尾，請解釋該詩大意，並說明「今日重來白首，欲尋陳跡都迷」與全文的關係。（如果以其他作品爲本文引言，你會選擇哪位作家？何種類型的作品？爲什麼？）

二、本文提及的作家與作品有哪些？請查閱後，推薦幾篇足以引發共鳴的佳作，並說明原因。（分享後可進行票選，選出班上最受歡迎的作品）

三、爲何作者會形容「走在假期中的校園，濕冷的雨像一首晚唐的詩，或是一幅明朝的畫」？（晚唐的詩與明朝的畫特色是什麼？）換作是你，如何形容在校園行走的感受呢？

四、閱讀本文後，請統整出作者領略的校園特質有哪些？就你自身的觀察，現在的校園精神是什麼？有無產生變化？或者，你認爲現代校園應該追求的精神是什麼？

新生

郭美宜
一九九二年出生於高雄，東海大學社會系畢業。曾獲二〇一三年第三屆口腔癌基金會「重新微笑吧！」徵文比賽佳作。對她而言，寫文章是認識自己的方式，也是沉澱與修復心靈的最佳良藥。

掠過那和諧的十字，依著完美弧度向下俯衝，我躺在孕育路思義的青青草地上，俯視著我親身體驗的這座神聖教堂。陽光就這麼無私地灑在這片綠地上。這般暖意及徐徐的微風，令我對這片青草地與美景眷戀不已。即使眷戀，悠閒的休息片刻也該結束，想著自己即將展開一趟冒險的奇妙旅程，鳥兒彷彿飛進我的心頭，站於上頭跳躍著，強烈的心跳聲以及我此刻的表情，想必都難掩那即將出發冒險的歡愉與期待。

依著微風，我走上文理大道，榕樹早已茁壯到足以保護這知識的走廊。在榕樹與榕樹之間的虛實之地，見證學生們的知識及情感的交流。這般情景使我忘情地想像，想像著人文藝術的起點就在此地，所有創新也都將從此時開始。沉浸在幻想中的我，一個踉蹌，險些跌入那成堆的落葉中，惶恐的腳步使我驚醒。是勞作生將它們集結於此的吧？葉子們想離開嗎？甘於被一併掃進垃圾堆中嗎？還是早已習慣並安於處在大眾之中？那麼，如果是我呢？突然心中的不願從口中喊了出來，我不願如此任意被安排！

激憤的心直到聽見了遠方的英語朗誦才得以平靜。我走上前，發現那段朗誦夾雜著各國的口音。來自不同國家的學生，在這段朗誦中似乎融合成一體，僅為了知識這單純意義共同努力。彼此之間沒有國籍，沒有距離，這奇妙的氛圍使得和諧又更上一層樓。那朗讀聲就如同從耳機中播送的輕音樂般悅耳，清晰的伴我繼續前行。突然間，凜然的人權宣言覆蓋了上一秒的優雅。為了那自由的眞諦，我傾身探進窗內。這那瞬間，這知識的走廊，彷彿搖身一變成為自由的林蔭大道，眾人皆踩著穩重堅毅的步伐，如同捍衛自由平等的革命軍一般，口中幾乎快要唱出「Do you hear the people sing...」，忠誠地捍衛著自由之名號。

然而，我仍然迷失在自由海之中，冒險的計畫僅是自己做的白日夢罷了。我低下頭來暗自懺悔，我僅是盲從地跟隨眾人腳步，盲從地聽從美妙悅耳之音，而展開了旅程的莽撞之人。彷彿像根稻草般地跟隨風吹的方向，也像一塊海綿不停的吸收，卻也不停的在流失。我深感無助，必須尋找一穩健的依靠，鞏固那飄移不定的心。不管是被劈成一半的球形，還是缺了一角的缺角圓，都在替缺少的空白努力找尋著那柏拉圖式的圓滿，同時也替那不圓滿哀傷並前進著。

一路站上文理大道的頂端，前方的圖書館使我懾服。當我仰望著這大學的心臟時，敏捷地抓住那從腦中掠過的片段。新人沿著紅地毯，一路接受親朋好友們的祝福，並帶著歡樂的心慢慢步入禮堂，那灑下的玫瑰花瓣以及象徵延續幸福的純白捧花，滿是笑容的替美滿增添光彩。這般情景就如同我一路往上，走在這文理大道的紅地毯上，各學院們欣喜地道賀。微風輕拂著葉梢，小草也快樂並害羞地起舞，連文理大道上的石子路，也更堅硬的一路鼓舞我往上的決心，才能夠來到了如同教堂般的圖書館，這是一個大學給予我的祝福，一個屬於我求知路途上的祝福。

當我內心充滿喜悅，正陶醉於這最後的浪漫情節，以及這旅程施捨我的最終安慰時，是誰？是誰將我拾起？我的旅程又即將被動地開始了嗎？那麼在這黑暗中，我去的地方，適合我嗎？對於未來的種種揣測，令我恐慌不已，難以平靜。終於當光線再次照在我身上時，雖然並不像陽光般的和煦溫暖，取而代之的是桌燈的昏暗黃光，不溫暖，但卻很眞實，眞實地看見自己在書桌前的樣子。映入眼簾的是一位溫文儒雅的教授。眼鏡的厚度儼如是知識累積般的扎實穩重，但儘管那般厚重卻擋不住他眼中炙熱又堅定的溫柔之情。那炙熱是對知識的熱情，那堅定是對研究的執著，而那溫暖，想必是對學生的包容與體諒。

當我靜下心來看著自己所擁有的一切，竟是被馬克思的異化章節層層包圍。我細看、我熟讀，如同一見鍾情般，我發現這正是我應該去的最佳去處。我只是一片新生的嫩葉，就這麼幸運地被夾層於社會學的經典名著中。從此我便從那新生嫩葉成爲永不凋謝的標本，不停的在名著中來回感受知識的薰陶。我不再於迷途中前進，我將於知識的洪流中前進。我不再跟隨他人腳步前進，我將跟隨內心的求知慾而前進。儘管我仍然還僅是一個有缺陷的圓，但知識的祝福及授予，是最慷慨的寶藏，也正是填滿那空白的最佳選擇。我徜徉著、享受著、並感恩著，結束了求知路上的迷惘，並且我莊重地確定了，我的開始、我的未來。

閱讀延伸與討論

一、本文呈現大學新鮮人的哪些心情？她是如何找到化解之道的？這個方式適合你嗎？你有過同樣的感受嗎？還是有其他難解的困境呢？

二、作者爲何選擇圖書館作爲新生旅程的終點站？「如同教堂般的圖書館」在本文扮演的角色是什麼？在你印象中，大學圖書館和中學圖書館有何不同？請用一個比喻說明你和圖書館的關係。

三、依據本文，這是出自哪個學院的新生之手？這個學院的屬性及特色是什麼？她所描述的學者形象和你系上師長有無相近之處？若否，請介紹你的學院屬性、師長形象與治學特色。

東海沒有觀光客

李貽峻

住在臺中大度山上，和妻子養了一隻老貓、一條帥狗、一頭山羊。現任東海大學校牧，大學主修食品營養，碩士班深入生理學，博士班踏入心理學，旨在「裡外通吃」。總是喜歡試著用基督徒聽不慣的話，與總是聽不慣基督徒說話的人對話。

就像大多數來到東海的人們一樣，我走入這蒼鬱校園，身分是一個慕名而來的陌生觀光客。

那應該是某個長假吧，難得可以喘口氣出遊的日子，大度山上的世外桃源令人神往。路思義教堂、文理大道、數不盡的老樹扶疏、武俠小說般奇幻的迴廊場景，不禁讓相機底片快速地消耗，沖洗出了一張又一張帥氣的叉腰、青春的跳躍、可愛童趣在草原奔跑的照片。是的，就是底片與照片的關係，那年我五歲，爸爸一九六〇年代的Olympus連動式雙眼相機，記錄了後來很快就被我遺忘的瞬間。

× × ×

生命其實就像觀光，每個驛站都有不一樣的風景，有些時候匆匆而過也不知道錯失了什麼，有些場景出現在預期之外但卻印象深刻，正如我早就忘了五歲時的造訪，但在十五年後卻意外地再次光臨。

因爲大學社團刊物的緣故，那年和社團的學妹一起南下，來採訪當時正執事的阮大年校長。關鍵字出現了——「學妹」，那是一段已經曖昧了很久的關係，在沒有手機網路臉書或是line的時代，能夠一起從臺北搭車臺中，根本是一場如夢般的美麗。相機中留下的，依舊是路思義教堂、文理大道、數不盡的老樹扶疏、武俠小說般奇幻的迴廊場景，但不同的是，我記住了這看見與聽見的一切！廿多年後的今天，除了那位最後仍是無疾而終的曖昧學妹，我實在想不起她的面容外，當時的一草一木，如今仍舊歷歷在目；還有阮校長白髮蒼蒼，幽默卻堅定的談話，隨著時間越發如暮鼓晨鐘。

他說的故事，是一段段古老迷人，也遠超男女的愛情，讓當時我情竇初開的曖昧，簡直顯得比扮家家酒還不如；是關於大度山上這世外桃源的東海，如何出現，播下了什麼樣的種籽；是那些遠渡重洋跨海的人們，又如何在愛中帶著夢與使命前來。

× × ×

如果生命就像觀光，那怎麼會有人敢踏上一趟沒有詳細行程安排的旅途？未知的路程、不明確的花費、顯而易見的困難、甚至是從未有人走過的祕徑！與其說觀光，那其實更是一場愛的冒險吧！也就是在一九五〇年代初期，那些人們篳路藍縷地用驚奇與毅力，譜出了在大度山麓，東西此相逢的神蹟。

一百年前，西方教會陸續在大陸創建了十三所基督教大學。國共內戰後，他們已經無法在越來越紅的熾熱中國立足，所以這群帶著熾熱獻身於中國基督教高等教育的種籽，便湧向了戰後的臺灣。那是個民生凋敝的悲觀蕭條，與反攻大陸的動盪暫居，正紊亂交雜的年代，東海大學的肇起之士，卻宣示「東海不是過去任何一所中國大陸學府的翻版，而是一個嶄新的、本土的基督教大學，並且教師的講臺絕不是宣教的場所；在課堂上，使徒馬可、或馬克思、約翰杜威、托馬斯阿奎那都應一視同仁，都要受到客觀的質疑和批評。但若沒有確切的事物，質疑是不可能的；沒有可接受的標準，批評是毫無價值的，而東海大學的確切事物和標準，就是基督教的信仰。」

流離中原故土的飽學之士，與遠渡重洋的西國宣教士，便在這荒瘠的紅土地上，孕育著東海獨有的自由靈魂，那是一種窺見眞理後的自由——這眞理是藉著信心而獲得，透過行動才能彰顯——是那樣地從容大度，即使大度山的另一邊就是當時亞洲最大的軍用機場，在戰鬥機航道下的東海，始終知道自已從何而來，將往何去。

× × ×

東海人，從來就不是個觀光客，而是知其所終的生命冒險家。

如同在這兒的歷史中，一個一個雖不完美，但總被視爲典範的宣教士們，留下了關於愛的榜樣與身影。他們都好愛好愛東海，但似乎卻又不只是這樣愛著；奉獻若是有對象，我想他們有一個比東海更大的脈絡，令他們投注了全部而短暫的生命，奉獻於上主永恆的呼喚中。

我常懷念最後一位以宣教士身分（不領學校薪資、不佔教師員額），任教於東海的物理系劉大衛老師，他正好在我二〇一〇到職的那年退休。三十五年來人稱他們爲「劉爸、劉媽」，時間將會老去消失，歲月的痕跡卻愈發深刻，他們用三十五年的時間，帶來了遠超過三十五年的歲月。這是上帝的不等式、天國的數學：用消逝的分秒時間，換得了無以計量的永恆痕跡。專長天文物理的劉爸爸，在東海校園觀星的時候，應該會撇見路思義教堂頂上的十字架，而他也用一生，回應了基督在十字架上愛的呼喚，並實踐了近代物理學中時間的祕密，Eternal = Man × Christ × Cross（E = MC^2；永恆之路，爲一個背起十字架，效法基督的人而展開）。

觀光客，讚嘆東海之美，然而東海之美，卻是在冒險與開創中浮現。觀光的人，拼命感嘆時間流逝徒呼負負，有智慧的探險者，卻懂得在踏出東海之後，走向知其所終的精采人生。

閱讀延伸與討論

一、本文以「觀光客」詮釋不同階段與身分進入校園的人，從「慕名而來的陌生觀光客」、「生命其實就像觀光」、「如果生命就像觀光」、「從來就不是觀光客」的脈絡來看，作者的立場和態度產生何種變化？

二、請分享你對文中「東海不是過去任何一所中國大陸學府的翻版，而是一個嶄新的、本土的基督教大學……」一段宣示文的看法。並嘗試為「東海人」作定義。

三、請觀賞《相逢路思義》影片，或造訪校史室、校牧室等地，或採訪系上最資深的老師，寫一篇約五百字的東海創校故事、立校精神或師長訪談記錄。

風雨跫音，大肚山生態紀實

風雨跫音，大肚山生態紀實

林碧慧

一九八〇年代後期至一九九〇年代開始成型的「認知語言學」主張認知能力是人類知識的根本，現存的語言、文本，呈現人類的身體經驗、文化學習。個體所在的地理環境、自然景觀與人類肉身的互動形成經驗、累積為文化。是故，閱讀文本若能輔以對「地理環境、自然景觀」的觀察，將有助於理解、思考文本的內涵。本書以東海校園主題，認識東海所在的這座大肚山，是我們貼近作者文字意象的最佳起點。

大肚山，雖然稱為山，但地理學上被歸類為「台地」。百萬年前，這裡曾是由古代大甲溪與古代大肚溪形成的聯合沖積扇，經過板塊推擠抬升地層、河道改變與沖刷等地質活動，形成平均高度為二百至三百公尺的大肚台地。這是一座由紅土、礫岩堆積而成的台地。紅土土質又細又黏，雨水不容易滲入，表土上的水分多半蒸發，所以大肚山的土地本質上是乾瘦貧瘠的。受地理位置、季風影響之故，大肚山的夏季濕熱多雨，可惜地質不易儲存雨水，冬季乾旱多風，是臺灣島上雨量較少的地區。整體而言，大肚台地水源缺乏。耕地多半為旱田，種植地瓜、甘蔗等作物。在大肚山東側的東海大學，貧瘠的紅土台地經營照顧成一座充滿生氣的綠洲。大肚山的原始林相為相思樹。東海大學校區自然也是相思林遍布，宛如森林學校。在幾所後起的國立大學興辦、併校之前，東海常被稱爲臺灣最大的大學（佔地一百三十四公頃，相當於近三千二百座的標準籃球場），即使現今不再是全臺面積最大的大學，仍有「最美的校園」之稱，加上校史悠久、林相優美、生態豐富，實非區區數字與排名可評比。

東海校園之美向來爲人所稱道，更是中部地區著名景點，週末假期遊客如織，平日也不乏結婚新人來此取景拍攝婚紗照。身爲東海人，有幸遊憩於這綠葉成蔭的美地，除了滿山的綠，更與啁啾巧囀的鳥、俗稱山狗大的臺灣攀蜥爲友。還有那橫衝直撞的松鼠們，大清早在樹上彷彿「擰著鼻子彈舌」的怪聲音就是這群大眼渾圓、尾蓬而捲的小精靈的問候。

寫大肚山的自然景觀的文章不少，畢竟，這座山蘊藏少男少女們的綺思麗想，更搖滾著滿山的靈魂。本單元選取五篇以自然景觀爲主題的創作，按發表先後排列，分別是：徐道鄰〈大度山的風〉、蔣勳〈紫薇花對〉、林餘佐〈遠方有雨——記東海雨景〉、林良恭〈大肚山野鳥記事〉、汪碧涵〈東海的樹〉。

徐道鄰〈大度山的風〉，從耳聞大肚山風的盛名寫起，以自身在大肚山居的實際經驗，詳細記錄大肚山的風況，並歸結出大肚山因地貌變化，風勢逐漸縮減的現象。文末提及大肚山的雨，並與臺北的風雨進行比較。作者未到東海任教前，對傳聞中大肚山的風抱持存而不信的科學態度。在東海任教時，「對這裡的風，作了一個有系統的紀錄，並且隨時作細心的體驗」，他主張東海的風並不都是惡名昭彰，東海有得天獨厚的夏季涼風，他認爲「這一種消煩卻暑，寧體便人的良風，一直不大被人提起，眞是不公平之至」。眾人口耳相傳的大多是十月到二月間不受歡迎的風，有陣風、夜風、雄風三種，透過記錄，作者企圖推翻傳言的不可信。然而，東海風「一年比一年少」也不是沒來由的，「因爲樹木和房屋的增加，當然使風勢逐漸的減縮」，大肚山上著名的風或許正在逐漸消失，但作者的科學精神、求證態度，仍值得效法。

蔣勳〈紫薇花對〉是一篇「藉物起興」的文章，作者由文學院門口兩株水紅色的小花色澤、樣貌起筆，細細描摹紫薇的形態、枝幹，憶及未識紫薇之初，讀了白居易〈紫薇花〉詩句「紫薇花對紫薇郎」，進而產生對紫薇的無盡遐思，並藉由現實與過去的連結，形成古今、物我的深刻探索。作者說「有時候因爲遙遠，會有一種特別的想念。有時候，僅僅因爲名字的聯想，會使我們特別神遊於一段古遠的年代」。年輕的心靈擁有萬千個觸角，只要生活留下一點空間，讓觸角延伸、延伸、再延伸，即使是一朵不知名的小花，一個詞都能開展出深刻的思維。大肚山沒有都市生活的擁擠與匆忙，有的是時間讓我們和這滿山的生靈打交道。東海是夢想的樂土，包容年輕浮躁的靈魂，更引導我們向古人師法生命的意境，一沙、一花、一草、一木無不是開啓智慧的時空門。本文引導讀者觀察周遭環境、思考景物與內心的對話，值得細細品味。

林餘佐〈遠方有雨——記東海雨景〉，是本書少見的詩作。以簡短的幾行文字，精準道出雨來之快、雨勢之烈、雨去之急。大肚山原本雨少，冬季乾旱，夏季有雨，雨量集中，且受限地質，水分不易留存於地層中。大肚山寫景，提到風者多，描寫雨者少。作者以「眼看陣雨彎過兩個小巷/就要來到花園」直接破題，用視覺的鋪陳帶領讀者目睹驟雨將至的時刻。接著轉而從聲音的角度，搭配首段「花園」的意象，以種子發芽隱喻雷聲隱隱作響的狀態，採用動詞「竄出」寫雨勢之驟、雷鳴之驚人，十分生動。最後一段運用典故「白駒過隙」寫雨勢的急遽結束，「我看見一頭俊美的白駒越過我的花園/隨即又隱喻似地奔向/遠方」。全詩出現「小巷、花園、土、嫩芽、森林、白駒」等意象，展現豐富、優雅的視覺圖象。寫詩需要對周遭環境敏銳的觀察力。運用精煉的語言寫詩，意象經營成功，才能用最少的文字、最具整體美感的組合帶給讀者豐富的饗宴。

生態學家林良恭〈大肚山野鳥記事〉一文寫大肚山的鳥，同時也說出東海人特殊的大學生活。作者娓娓道出從大學時代到返校任教所見、所聞的鳥類生態轉變，除了介紹鳥類圖象，其間也充滿對青春的美好回憶。初入東海，會被眼前林木蓊鬱給震懾住；住在東海，常被清早的鳥鳴給驚醒，這是作者筆下東海人共同的生活回憶，而對愛情的無限期待更是大學時期的美妙樂章。作者以叫聲嘹亮的白頭翁形容東海男生的個性「湊在一起吵吵鬧鬧愛獻唱，尤其在異性面前」，曾擔任野鳥社社長、舉辦賞鳥活動的作者，提及年輕時昏沉坐在面對女舍不遠處的銘賢堂旁石牆，等待宿舍紅門打開，三三兩兩走出來的女孩參與賞鳥活動，其中青春少男的心情轉折令人莞爾。即使東海校園生態資源豐富，這些年學界風尚轉變、學生學習興趣不同，鳥類研究不如過往盛行，作者仍是泰然處之。他說「生態演替是自然界普遍現象，因環境與生物因子互動結果，不同階段會有不同的生物組成」，並反問「建築物不斷擴增，學生人數也多了，早期植栽的樹也老了，有些鳥類因此消失，但有些鳥類反而搬進來」，如此看來，何嘗不是成長的新思維呢？

在認識東海的鳥之後，汪碧涵〈東海的樹〉則以綠樹為主體，展示專屬於大度山的綠洲。全文先自初入東海的校園印象開展，作者感知從學生到老師身分的不同，這座美麗的夢工廠也不時變化，三十年的光陰，小樹長成大樹，大樹在生命週期的循環下，面臨老化、病蟲害等問題，即便不能預防，也要盡力處理。大度山上的原生樹種除了相思樹外，也有木麻黃、鳳凰木、榕樹等，根據作者觀察，「大度山的乾旱與紅土保水能力低，各色花卉養護困難，成就了東海自然風格的校園，多樹多草地，大氣少造作」。由此可知，東海大學樹種栽培的規畫，在在是前人的智慧，例如「海岸防風林的木麻黃，落腳在東海」、「大喬木可成蔭，在開闊地，耐得住大度風與貧瘠紅土，落葉不過度干擾跑道者」都是最好的選擇。作者記錄某年因氣候變化，鳳凰木夜蛾數量暴增，短短幾天「夜蛾幼蟲食盡鳳凰葉，亭亭如華蓋的鳳凰樹，鏤刻的只剩大幹小枝，盛夏校景狀如晚秋」的景象，令人驚駭，這是東海校園第一次發生的生態盛事。數日過後，鳳鳳樹重獲新生，成爲持續陪伴東海師生，連結師生情感的重要樹種。

東海所在的大肚台地不能算是生物的沃土，一是地質使然，其次是風雨分布強烈。但周遭多半是紅土地、長期人爲開發等「因緣際會」下，動植物們「自然」選擇東海綠洲作爲最理想的居所。這樣的地理環境塑造了豐富的生態資源，也孕育了東海人的山居歲月。傳聞中的東海風，再狂、再烈都成爲東海生活必然的經歷，是這些風雨讓青春歲月得以驕傲挺立。受過東海風雨的洗禮、看過歲月流轉的生命、體會環境變遷的成長，才能成爲眞正的「東海人」。風雨不驚、花鳥有情，滿山的綠樹都是故事。

大度山的風

徐道鄰

一九〇六年生於日本東京，早年留學德國柏林大學，獲法學博士學位。一九三八年擔任中華民國駐義大利使館代辦，為民國著名法律人士。來臺後任職臺灣大學、東海大學，後轉任西雅圖華盛頓大學、哥倫比亞大學、密歇根州立大學等校。

大度山的風，眞夠得上「大名鼎鼎」了。一個人，不知有大度山的便罷，知道有大度山的，也就無不知道大度山上的風：他們一聽說你要到大度山去，便會問：那裡的風你吃得消麼？聽說你是從大度山來的，便會問：那裡的風到底怎麼樣？

我自從去年九月裡，來到大度山，便對這裡的風，作了一個有系統的紀錄，並且隨時作細心的體驗。現在簡單的報告一下。

一、夏天的風，應該可以說是大度山得天獨厚的地方。我去年九月裡來的時候，雖然盛夏已過，但是仍然暑威未除，烈陽之下，還是九十多度。可是因爲在山上，地勢高爽，又兼房屋疏稀，所以空氣非常流暢，凡是日光不到的地方，就覺得輕風習習，陰涼可人。尤其到了傍晚，開窗迎風，差不多沒有一個房間，不是可以使人安然入睡。而一入午夜，更非掩窗擁被不可了。就因爲這個緣故，在大度山上過夏，不管你的房子是東向西向南向北向，就是最熱的時候，你總也可以找到一榻之地，無須揮扇，即可晏然高臥。無論白天多麼熱，一到夜晚，你必可暢眠無礙，來休息你一天的疲乏。這一種消煩卻暑，寧體便人的良風，一直不大被人提起，眞是不公平之至。

二、不受歡迎的風，在大度山上，總要到十月將盡的時候，才開始降臨。大約維持到次年的二月。這四個多月的光景，可稱爲大度山的風季。這個時期裡的風，約莫可分爲三種。

A陣風。這種風的來勢頗猛，呼呼的聲音，十分雄壯，但是爲時甚暫，短則十來分鐘，長也不過半個鐘頭，就風消雲散於溫和的日光之中。這樣的風，多半是在上午。從去年九月到現在二月，五個月之中，來過三、四次。

B 夜風。這種風，較前面一種的時間爲長。有時在傍晚六七點鐘開始，有時在夜半十一、二點開始。因爲它在夜間逞雄，所以似乎格外「威風」大。但是它施威的時間，頂多也不過六七個鐘頭。有時候傍晚起風，夜半而止，有時候夜半起風，黎明而止。因爲它從不等到日出，所以我稱之爲夜風。這樣的風，五個月之中，來過四次。

C 雄風。這是大度山上各種風中，最兇的一種。它的威嚴氣息，和颱風差不多一樣。所不同者有三：（一）它中間不夾帶著雨；（二）它停頓的期間，不像颱風那樣有節奏，那樣長；（三）它的風向有一定的，總是來自東北方。這種風初起的時候，和上述兩種差不多，不過它持續的時間特別長，而且愈吹愈兇，不一會就「天昏地暗，日月無光」，這就是大度山上第一號兇神的出現。這時風聲振耳，萬竅怒號。你出去一看，迎面寒風，使你馬上倒吸一口氣。路旁的樹木，一株株在屈服，一株株在掙扎，一株株在閃避，有的像打太極拳，有的像跳搖滾舞，使你想起魯智深醉打山門的光景。可是風頭稍一減消，彎腰曲背的樹木，立刻一株株的又挺直了起來，迎風招展，這種百折不撓的事實表現，會給你一種十分有力的啓示。這一種風，維持的時間，大約半天光景，最多不過二十四小時，風止之後，馬上麗日晴和，正是「雨過天青」的章法，使你格外感佩造物的慈祥和美麗。

這樣的風，今冬一共有過三次，一次在十月二十二日，由下午一點到夜裡十一點，一次在一月十日，由上午十一時到下午四時，最兇的一次在十月廿五日，由下午六時一直到第二天的下午六時。

這樣夠格的風，五個月中不過三次，所以大度山的風之不善，實在『不如是之甚也』。上月裡一位臺北的朋友，來此小住。有人問他對於大度山的風感覺怎樣。他說「未免失望」。梁容若先生說的不錯：這樣的風，在經驗過華北狂風滋味的人看起來，眞不算甚麼。

據久居大度山的人說，大度山上的風，近年來是一年比一年的少了。這句話我想是可靠的。因爲樹木和房屋的增加，當然使風勢逐漸的減縮。東海路是南北向的，中間沒有房屋。東海路上的各巷，是東西向的，兩旁有零星的宿舍和花木。就這個樣子，當東海路上冷風逼人的時候，你一走進各巷，馬上感覺到風威大減。我想在三兩年內，校園的樹木增長繁榮之後，大度山的風，可能不再被人提起。（可能辦公大樓，文理兩個學院，及高踞山頭，北向而多窗的幾棟宿舍，多少還要受到威脅。）

談到風，就不能不提到雨。大度山的乾燥，當然和雨少不無關係。在這裡，餅乾花生米，放進盒子裡，好幾天，還是脆硼硼的。用擦銅油擦過的金屬品，過了好幾個月，依然光輝奪目。就這一點來說，使一個久居江南的北方人，會忽然想起家鄉來。（更不須要談到對於風濕病，這是怎樣一個好地方！）我來了五個月之中，一共下過七場雨，其中維持到半天以上的，祇有三次（十二月十三日至十四日，二月十日至十一日，二十日至二十一日）。因此，在大度山上，每雨必爲甘霖。

不久以前，我去過一次臺北，冷風吹著細雨，使人感覺無限淒涼。眞的，大度山上的風雨哪裡會這個樣子！

閱讀延伸與討論

一、本文將大度山的風分爲哪些類型？這些風都是不受歡迎的嗎？一般人對大度山的風爲何多半存在不好的印象？對於生活周遭各式各樣的傳聞，你會抱持什麼樣的態度呢？

二、作者如何記錄與分析大度山的風？這些紀錄足以代表大度山的氣候嗎？請分享。

三、作者認爲「大度山上的風，近年來是一年比一年的少了」是可靠的，你同意嗎？近幾年你感受到氣候的變遷嗎？對你的影響是什麼？

紫薇花對

蔣勳

一九四七年生於古都西安，福建長樂人。中國文化大學史學系、藝術研究所畢業。一九七二年負笈法國巴黎大學藝術研究所，一九七六年返臺。曾任東海大學美術系系主任、《雄獅》美術月刊主編，先後任教於文化、輔仁大學等校，現任《聯合文學》社社長。著有《微塵眾：紅樓夢小人物Ⅰ》、《肉身供養》、《漢字書法之美──舞動行草》、《美的沉思：中國藝術思想芻論》、《孤獨六講》等。

文學院門口兩株水紅色的小花紫薇已經開到最後了。我特意走近去看過幾回。最高的枝梢上還聚簇著一堆堆豐盈的花瓣，深紅淺紅，像一簇煙紗。下方的枝梢，花開過了，葉瓣凋零，已結成豌豆大的綠色球果。雖然不是春天，那青嫩的果粒卻使我想起宋人詞裡的「青梅如豆雨如絲」的句子來。

假期的時候，花開爛漫，偌大的校園卻空寂無人，只有鳥聲和蟬嘶。我走近紫薇，把高高的花梢拉彎下來，細看那花瓣的摺皺，好像精心編織的衣裙的邊裾。而那花瓣的紅，因爲薄，透映著日光，紅而不重濁，變成一種輕亮的水紅。

紫薇的枝幹並不繁密，稀疏而瘦硬的幾枝，彷彿惲南田沒骨畫中的折枝，連樹皮的皴都有點像渴筆擦出來的效果。

以前我沒見過紫薇。在唐詩裡讀到「紫薇花對紫薇郎」，覺得紫薇的名字好聽，理所當然以爲是禁苑中的花，離我們彷彿很遙遠。

有時候因爲遙遠，會有一種特別的想念。有時候，僅僅因爲名字的聯想，會使我們特別神遊於一段古遠的年代；因爲歷史、因爲歲月、因爲是那麼古老的年代裡人們已經流傳過、愛過的物件，雖然只是小小的花草植物，也忽然使人生珍重愛惜之心！

當一個學植物的朋友告訴我這兩株水紅的花兒就是紫薇時，我心中不禁要驚嘆：「啊！啊！就是這樣的花兒啊！」好像見了多年不能見的親人。這花，已經不是文學院門口的紫薇，它開在大唐的宮苑，繁華如夢啊。

所有的過去都會再現，如果心裡珍重愛惜，重開燦放的不只是這迎風嬌麗的紫薇，我也看見，大唐繁華，看到宮苑的靜夜，耿耿天河，看到了獨坐花下未曾老去的紫薇郎的嫵媚自愛，啊！這男子的青春與驕貴，使他覺得此身如花，要愛重珍惜！

我又在農學院門口也發現一株白色的紫薇。長得矮些。枝葉太繁複，像一株灌木叢。沒有了奇磔的姿態，連花也有點不顯。要走得很近，才發現那細如鋸齒的花瓣的瓣緣，還是精細婉媚的紫薇才有的。而那花，白如雪，也不沾塵埃。

校園裡陸續回來了學生。三三兩兩，走在小徑、草場、樹蔭下。紫薇花卻開到最後了。

中秋以後，一陣雨，宿舍四近的林木已經蕭蕭索索，有了秋聲。

我夜晚醒來，彷彿是簷外有雨，因爲不確定，便坐起聽了一會兒。忽然想起義山詩裡頭的兩句：

曾省驚眠聞雨過

不覺迷路為花開

還是紫薇花對，無論是在大唐的宮苑，或是開在這空寂無人的假日的校園，它都不過是一種自在，彷彿是莊子裡說的「舉世譽之而不加勸，舉世非之而不加沮。」而我，這雍容愁悶的歲月，這不可排遣的年代的悽愴悲痛，在夜雨秋聲的肅殺之聲中，還有紫薇的懸念。

不知那愛身如花的男子，卸去了紫薇郎的宮帽錦袍，又流落去那一處的城市村鎮了。

閱讀延伸與討論

一、請找到校園中紫薇花生長的居所，並用相機拍下紫薇倩影，再與本文描寫紫薇花之花瓣、果粒與枝幹等內容作一比較。

二、「青梅如豆雨如絲」出自何處？意思是什麼？爲什麼看到紫薇花會讓作者聯想起這個詩句？作者認爲：「有時候，僅僅因爲名字的聯想，會使我們特別神遊於一段古遠的年代」，你有類似的經驗嗎？請分享。

三、請說明「所有的過去都會再現，如果心裡珍重愛惜，重開燦放的不只是這迎風嬌麗的紫薇」的意思。你有過珍愛的人事物嗎？他們對你的意義是什麼？

遠方有雨——記東海雨景

林餘佐

一九八三年生，臺灣嘉義人。東海大學中國文學系畢業，現為國立清華大學中文所博士生。曾獲東海文學獎、蕭毅虹文學獎、教育部文學獎、林榮三文學獎、國藝會出版補助等。著有詩集《時序在遠方》。

眼看陣雨彎過兩個小巷
就要來到花園

埋藏在土裡的雷聲
早就探出嫩芽
準備好要竄出一片森林

雨來的時候
我看見一頭俊美的白駒
越過我的花園
隨即又隱喻似地奔向
遠方；
有雨。

閱讀延伸與討論

一、這首詩描寫的雨勢如何？維持的時間大約多長？你可以在本詩中找到哪些證據說明呢？

二、請解釋「雨來的時候／我看見一頭俊美的白駒／越過我的花園」的意思。這句話使用了什麼典故？你認爲恰當嗎？換作是你，會以什麼樣的比喻形容雨天。

三、本詩描寫下雨過程時，運用了哪些意象和感官？請以一幅畫呈現本詩的雨中景象。

大肚山野鳥記事

林良恭

一九五四年生，東海大學生物學系畢業，日本九州大學農學博士，專攻動物學。現為東海大學生命科學系特聘教授兼教務長、臺灣哺乳類學會理事長。曾任東海大學理學院院長、熱帶生態及生物多樣性研究中心主任，著有《台灣的蝙蝠——再版》、《雪霸國家公園哺乳動物圖說》等書，並發表過臺灣哺乳動物六個新發現種類的命名報告。

大一那年，開學日報到後便住進東海大學男生十二棟宿舍，就是靠近體育館前松林旁的建築物。次日清晨，我竟被萬群嘰嘰喳喳鳥聲吵醒，它比鬧鐘的聲響感覺更繽紛，多年來纏繞耳邊始終未忘。對比現今東海校園的鳥聲，似乎缺乏眾群喧嘩的合鳴，寂靜很多。

當時的我，對於叫聲如此吵雜的鳥很是好奇。自己雖不是都市長大的小孩，但眞的進入東海才認識牠——白頭翁。牠的特徵就是頭上一圈白毛，常雙雙對對佇立於樹枝頂端鳴唱，尤其進入四、五月繁殖季時，公鳥的叫聲更加嘹亮。大一受鹿橋的小說《未央歌》影響，幻想在外文系找尋女主角，也曾認爲司馬中原以東海大學工作營背景寫的《啼明鳥》，那隻神祕的鳥指的就是白頭翁。

當年東海生物系學生擁有兩個勢力龐大的社團，一爲翟鵬（名符其實鳥人）創辦的野鳥社；另一爲楊金山（他眞的是生物系的金山，畢業後捐了不少錢給母系）的園藝社。爲了當時社員中的外文系女孩，我曾於現今社會科學院大樓的地方（當時全是相思樹林），在林中尋覓白頭翁的巢，還爬上樹去數鳥巢裡有幾顆蛋，主要是想計算一個生殖季當中，白頭翁一個窩平均會有多少顆蛋。當時爬樹工具並不怎麼先進，只有簡陋的木梯，但是我還是爬了近十棵高約有三公尺的樹，說實話，除了對鳥類研究的興趣外，當時也是想藉此得到外文系女孩的崇拜。可惜後來大家發現啼明鳥與白頭翁似乎沒有直接關係，外文系女孩也漸漸不常出現在野鳥社，終至退社，自己始終沒多大勇氣去女舍約她出來。最後我的研究也半途而廢，雷聲大雨點小。東海男生的個性就像白頭翁，湊在一起吵吵鬧鬧愛獻唱，尤其在異性面前。我終究譜不出愛情的樂章，宛如當年生殖季搶不到老婆的白頭翁公鳥，孤零零佇立在樹梢發出單音鳴叫，寂寞無聊。

大肚山這塊地幾經漢人三百多年來的拓殖開墾，原始森林早已消失殆盡，連曾聚集於此建立大肚王國的拍瀑拉平埔族也不復見。整個大肚山地貌多半屬於採伐過的草生地或種植甘蔗的旱田，東海創校後，校園裡的森林景觀逐漸恢復起來，野鳥種類也漸漸繁多。一九八〇年左右，野鳥社曾整理出在校園出沒的鳥類高達一百種之多，其中有三分之一屬於候鳥，牠們是短暫停留校園的過客，當中最令我驚豔的是野鴝和虎鶇。野鴝是出現在今男生餐廳後的草叢，長相小巧玲瓏，深紅色的喉部非常顯眼，是個愛打扮又害羞的小傢伙。虎鶇則不小心飛進生物系溫室受困幾天，牠一身黃黑交錯的虎紋羽毛，姿態從容，就停在溫室裡上頭橫放的水管，炯炯有神。

過去曾以東海校園的鳥類爲研究材料而完成論文的有六、七位碩士學生，當中有鷦鶯、白頭錦鴝、綠繡眼、紅尾伯勞、黑枕藍鶲、麻雀及珠頸斑鳩等種類。今日以校園的生物材料作爲研究材料已相當式微，也許與生物系改名爲生命科學系，加上細胞分子生物學成爲顯學或有關係。當時在校園一些角落，偶會遇見年輕鳥類研究者，服裝大同小異，愛穿多口袋登山背心、頭戴迷彩帽、胸前一定掛著望遠鏡、手拿記事本和腳穿著雨鞋等。今日校園不太看見如此型男和型女，多的是背著書包快步疾走的大學生，很少駐足欣賞身邊有什麼生物或停下來觀察牠們在做什麼。

「早起的鳥兒有蟲吃」，最好的賞鳥時間正是春夏大地破曉時刻。校園剛從一夜沉眠醒來，充滿著一日之計在於晨的氣息，空氣清新宜人，枝葉沾著水氣青青翠翠，陣陣鳥聲直入耳膜，眞是美好的一天！那年我擔任野鳥社社長，幾乎每個月舉辦校園賞鳥活動，清晨時光，我昏沉坐在面對女舍的銘賢堂旁石牆，等著宿舍的紅門打開，等著三三兩兩走出來的女孩來參與賞鳥活動。一聲「嗨！」、「早安！」直教我心如飛鳥振翅，充滿激情而甦醒。

東海牧場是我們賞鳥的好地點，當時這裡仍是一大片草地，沒有中工路的高樓大廈，視野可延伸至東海橋筏子溪，相當遼闊。我們會選擇好地點，豎起耳朵聆聽從空中傳來小雲雀的佳音，那是有點吵又連續不斷的啾啾聲。小雲雀是很有詩意的鳥，鳴唱行爲卻像在雜耍，牠會從草地直飛上天一直鳴叫不停，一點兒也不累。牧場開闊的天空是小雲雀的舞臺，你唱我唱非常熱鬧，但是牠的身影對我們而言卻總是模糊不清。大肚山有數條乾河溝，其中有條由上而下切開東海校園與旁邊（今工業區）的土地，河溝地散落不少大大小小的石頭，兩旁則長滿灌叢或竹子。靠近生物館旁的乾河溝，三不五時會傳出番鵲那低沉嘓嘓的鳥叫聲，有時比下課鐘聲還讓人興奮。牠的身影深藏不露，我曾想偷窺牠的身影，在乾河溝獨坐半天，卻只聞其聲不見其鳥。

東海學生仰望路思義教堂上聳立的十字架，應常心想可否有機會爬上去瞻仰。有種名爲藍磯鶇的鳥，喜愛待在屋簷角，像哲學家披著閃亮藍披風在沉思地球離太陽到底有多遠？以前覺得牠沉默寡言，有次見牠在教堂屋頂上發出悅耳婉轉的叫聲，這才驚覺牠不是哲學家，應是屋頂上的提琴手。同樣披著藍色帶黑風衣的小卷尾，常雙雙對對停佇在電線或樹枝上，牠的叫聲也是清脆嘹亮還具有多音節的變化。小卷尾沒有音樂家的優雅，對於企圖入侵牠們巢的敵人會拼命攻擊，因捲尾的結構讓牠們如同小型戰鬥機般靈活，可俯衝再迅速旋轉而上，又再迴身攻擊，如此飛翔技巧誰都怕，我曾看見紅隼這猛禽類被小卷尾攻擊到落荒而逃。

生態演替是自然界的普遍現象，因環境與生物因子互動結果，不同階段會有不同的生物組成。這二十年來，大肚山景觀變化劇烈，校園南側的甘蔗田早已變成巨大的工業區，更廣大的科學園區也矗立在大肚山北麓，環境品質及棲地破碎更是慘不忍睹。都會公園的設置，勉強讓大肚山野鳥尚存一息，仍難以彌補自然消失的衝擊。東海校園也有所改變，建築物不斷擴增，學生人數也多了，早期植栽的樹也老了，有些鳥類因此消失，但有些鳥類反而搬進來。五色鳥不知何時開始成爲東海新客，牠那像在敲木魚的鳴叫，整個校園似乎都可以聽得到，數量應不在少數，絕不是流浪到東海的過客。以前要看牠必須到谷關或溪頭才有機會，不知是否因野生動物保育法讓牠被獵殺的行爲減少很多，擁有亮麗的五種色彩羽毛的五色鳥，逐漸在都會區開始活躍，也或許是東海校園的樹老了，樹洞多了，這些天然樹洞恰好爲愛住在樹洞的五色鳥提供巢窩。漫步在校園之中，一瞥胖胖的牠正停在樹幹上發出如敲木魚的聲音，心情也變得愜意，不知不覺我也哼起那首歌，我是隻小小鳥，飛就飛，叫就叫，自由又逍遙……。

閱讀延伸與討論

一、本文提到哪些校園鳥類？請試著在校園中找尋牠們的身影，並收集相關資料與圖片。

二、「東海男生的個性就像白頭翁」，這句話的意思是什麼？作者認爲，現在的大學生和以前的大學生有何不同？請觀察周遭同學的生活步調和特性，進行討論。

三、就作者研究，大度山的環境有何改變？請由「生態演替是自然界的普遍現象，因環境與生物因子互動結果，不同階段會有不同的生物組成」一句，推斷作者面對環境變化的心境。

東海的樹

汪碧涵

東海大學生物學系畢業，英國伯明罕大學生物科學系博士。現任東海大學生命科學系教授兼教學資源中心主任，曾任中華民國真菌學會理事長、東吳大學微生物學系教授、藥物食品檢驗局食品微生物組技士等。著有《保護區經營管理技術手冊——基礎篇》（合著）一書。

八月，提著一只皮箱，和前晚父親用繩結紮的舖蓋捲，下了火車，出口有學長姊擺攤，指著圓環那頭的公車站，於是搭著車搖搖擺擺地，就這麼進了校門。慢慢走過約農路，鳳凰木盎然，夏末校園草長，四望無人，體育館前松林靜立，口琴橋後的相思林，就這麼在此後七年的東海生活中，薄霧中的相思樹，一直在記憶裡，未曾散去。

回到東海，時隔三十年，滿滿的幸福感，有大學導師于名振老師在轉角辦公室，有林良恭學長在對面辦公室，生物系稱為生命科學系。系館草地原設計為生命之坡，開放且欣欣向榮，而今木棉樹有三倍高，並肩而立的，是雀鳥帶來的雀榕種子，自顧自地長成冠幅逾十公尺的大喬木。春假前後，樹幹上結滿隱花果，成熟時，與果實共生的寄生蜂也正巧成熟，離果共享春天，在樹冠裡飛舞。於是，好果子的鳥來了，好蟲子的鳥也來了，一場盛宴連開數日，攀木蜥蜴、赤腹松鼠也忙著，我可以看上大半日，老師、同學與遊客，都不禁駐足讚嘆。

回到當年修業的教室，看見年輕的學弟妹，回想當年與他們一般年紀的自己，望著夾書走進教室的老師，好奇與充滿無限期待。王先生，王忠魁老師，總是夾著書，走進教室，打開書，脫下手錶放在書的右上角，剛好敲完鐘，開始講課。王先生治學嚴謹，理性平和，清晰的板書，記憶猶新，最記得他講銀杏的演化地位與發現史。他帶著我們小班六七位同學去溪頭校外教學，覺得各種植物盡在他心裡，拉丁文學名、科名和許多故事。一學年的植物分類學課程，要交二十份合於規定的標本，修課期間，常在系上植物標本櫃中翻比標本，大家看著每份標本有著採集者的落款，都是學長姊的心血，偷偷期待著自己的標本也有被納入的機會，一份也好。暑假，問標本成績打完了嗎？助教說，打完啦，都丟掉了，於是，我們連裱起標本掛上牆裝飾的想望也幻滅了。幸而，植物形態學，從潮間帶提回的綠藻紅藻褐藻，實驗後，做起藻類標本，工整的交報告，小巧的成了別具一格、生物系獨有的耶誕卡，紛紛飛往郵局信箱。畢業多年，方知王先生的學術地位，孺慕之情外，更添景仰。

微文，常常來敲門，辦公室的門、郵電或電話，她是校友，多年擔負著校園的環境安全，她出現會問：汪老師，有空去看樹嗎？永遠樂意與她走進校園，她忙於界定問題，找出解法，還能安全完成執行。

操場邊想多種幾棵樹，讓同學上體育課時、體育活動時，看台有得遮蔭，大家提了幾個候選樹種，現地觀察，赫然意識建校之初，規劃校園極有見地，大喬木可成蔭，在開闊地，耐得住大度風與貧瘠紅土，落葉不過度干擾跑道者，首選正是木麻黃。在田徑隊的那段時間，在場邊熱身或休息時，常看著地上微型鳳梨般的毬果，細細鋪陳的針葉。其實，那是針葉般的小枝，中間有節，拔開可以插回去玩兒，小小的鱗葉圍在節周，想著，一樣的結構長在孢子植物木賊上，是留著祖先的特徵，還是趨同演化？海岸防風林的木麻黃，落腳在大肚山上的東海，覺得天經地義，實則爲種樹人的明智。

外文系館中間的羅漢松，三層樓高，一株株退化，新添設施內植滿草花，限制了根的伸展，支撐不了大樹，終究退出：環境變了，只有適應環境者能生存。大度山的乾旱與紅土保水能力低，各色花卉養護困難，成就了東海自然風格的校園，多樹多草地，大氣少造作。

校園裡，相思樹老化，樹冠疏鬆，當年我們曾抱著吉他，倚著教堂右前方土堆邊的大相思樹照相，有著碎花圓裙唱著民歌輕鬆照的，也有穿學士袍正經立著拍的；而今，老樹已駝下腰，臥在草地上，少少細葉，看一代代的學子走過。在教堂前方河溝邊，大夥種起一排相思樹，長得都比人高了。過兩年，可以開滿小黃花，和北面的鳳凰花，一起照亮畢業季。

一百年前後，五月鳳凰花開得無比燦爛，連草地上都彷彿疊滿展著紅翅的蝴蝶，中午一陣雨後，教堂邊倒了株大鳳凰木，大家都嘆惜，卻忍不住都在自拍。這角度，冠頂華美有若霞帔，滿滿繽紛鳳凰花，襯以如鳳凰展翅的三回羽狀複葉，一不注意，停駐在面前，從此不再。兩邊的小鳳凰木，趁隙不知不覺地長大了。

後來，大度山上鮮有的多雨的一年，孕育了大量的鳳凰木夜蛾的幼蟲，像迪士尼卡通中的可愛小蟲，拱起身子一彎一直、一彎一直地往前行，紅頭黑白身子，像極了火柴棒，我彎起食指再伸直，學給學生看。牠們吃鳳凰木的葉子，長得可快了，可是好多好多的毛毛蟲，吃完了葉子怎麼辦呢？聰明的牠們，自備垂降絲，落到地面，爬向下一株鳳凰木，專心取食與長大。蛻變前，垂降到附近草堆或灌叢結蛹，羽化為蛾，為寶寶尋找豐富的鳳凰葉產卵，生生不息。那年，氣候適合夜蛾，高存活率成就了高族群量，巔峰期正好新生入學，這年新生目睹了數十年來，東海校園第一次發生的這等生態盛事。夜蛾幼蟲食盡鳳凰葉，亭亭如華蓋的鳳凰樹，鏤刻的只剩大幹小枝，盛夏校景狀如晚秋，葉柄、小枝上懸著火柴棒般的幼蟲，急於垂地，地面不知何去何從挨餓的火柴棒打轉著，使得同學不知何處落腳，撐著洋傘，看小火柴棒落下滑過，如此熱鬧了多日，復歸於平靜。鳳凰木識得大風大浪，冒出新芽，全力展開，又是一條好漢。

路思義教堂，曾是臺灣八景之一，學生辦過票選，更讓學生鍾情的，是文理大道，學院巍峨、藍天白雲、綠草地，還有大榕樹。我們走過樹下，不，樹冠有多大，樹根就有多寬廣，我們走在大榕樹的懷裡，卻無比自在。創校之初，由師生扛著樹合力種下的，與樹的感情，連結校友與東海的感情，連結校友間的感情。

校門裡松林邊的東海書房，原是男生宿舍的交誼廳，那些年，好幾位同學的生日，大夥在裡面有吃有喝，說說唱唱，這麼一起走到現在，已有數十年交情。東海書房門口有兩棵大榕樹，南邊的長得比北邊的大，可是，南邊大榕樹生病了，樹冠稀疏，葉片轉黃、凋落，微文與我，看著褐根菌侵染樹根，經年累月，長出地表，沿樹幹地基處生成大面積的菌皮，這超過兩人合抱的大榕樹病重了，雖說生老病死是自然法則，卻擋不住憂心與不捨。在專家指導下試著用藥、覆土，寒假過後，藥石枉然，還是伐除了，樹頭樹根都帶菌，庭園工掘出樹頭，一併銷毀。那日微雨，柯文雄教授看著巨大的樹頭喟嘆，這樹的老病，一直不多，爲何就這麼興起了呢。保護北邊的這棵大榕樹，總務處多位同仁，以怪手在樹界掘溝，內舖雙層塑膠布隔離，不讓健康樹根伸入疫區，回填土壤拌上尿素，讓病原菌忌避。這棵大榕樹，現在長得好大好大。褐根病，在校園星星點點地發生，折損了好些榕樹、鳳凰木和其他樹種，無法預防，盡力於預後處理。多年來，在最適合植樹的季節，由師生校友種下的樹超過兩千棵，每棵樹都有植樹人的祈福與祝願，饗後人以綠蔭。選擇樹種均排除外來種，這鬱鬱蔥蔥的校園，是我們的家。

閱讀延伸與討論

一、東海校園「多樹多草地」的設計考量是什麼?透過氣候、地質等條件的分析了解後,你對校園的認識有何不同?

二、爲什麼作者認同「海岸防風林的木麻黃,落腳在大肚山上的東海,覺得天經地義,實則爲種樹人的明智」?你對校園中哪些植物特別感興趣?如果讓你在校園種樹,你的選擇是什麼?請分享原因。

三、本文提及某年鳳凰木夜蛾數量暴增的生態事件,師生面對滿地從天而降的鳳凰木夜蛾幼蟲不知何處落腳,十分驚恐。請設計一幅圖文並茂的海報,介紹此一事件的成因。

山林繪景，來自上天的祝福

山林繪景，來自上天的祝福

朱衣仙

地景，爲空間製造出節點，爲移動凝結出停頓，也爲時間之流標刻出當下；地景，可以是自然景觀，也可以是人文景觀。正如文化呈顯自我與他者的差異，造就認同感；地景則爲空間繪寫出意義，形成地方感（sense of place）。而地景能否眞正塑造出地方感，往往取決於地景與該地點、場所（site）文化精神相融的程度。文化精神若能鑲嵌於地景，則人們可透過與地景的互動和對話，體驗或實踐地景所承載的文化精神。東海大學校園地景所閃耀的正是這樣的一種光彩。

事實上，在尙未承載任何意義的大地上創辦一所大學校園，就是地景的建造。大學所標誌的文化精神，如果能透過總體校園的規劃與個別地景的具體塑形，居遊其間的人們將能對空間回應以情感、思維與行動，進而落實文化精神的實踐與開創。如今看來，當初美國紐約中國基督教大學聯合董事會在一片荒蕪的大肚山上所規劃的東海大學校園，無疑是一個地景營造的成功案例。舉凡秋天的金黃相思樹林、夏日紅豔的鳳凰木群，在地老榕樹鋪陳出的林蔭文理大道、白牆灰瓦隱於林間的屋舍、在層層通透間疏落開展的合院，都有其深厚的文化意涵。而那虔誠祈禱、合掌佇立於藍天與草坪之間的路思義教堂，更成爲饒富精神象徵的世界知名地景。

如果說，安適地居遊於天地之間是人類文明的根本，那麼，出自人文地理學家段義孚的「人類需要『開放的空間』，也需要『安頓寧靜的地方』，兩者皆不可缺」[1]一說，正好爲路思義教堂做出最完美的詮釋——周圍的草地斜坡，自然生成遠眺的視域及空曠感，提供人們自由移動其上的「開放空間」；教堂本身的建築結構與內部的聖堂，則是「安頓寧靜的地方」。換個角度討論，地景雖然承載著文化意涵，但整體意義卻是開放的——經由人們與地景不同的互動經驗，獨特地被生產出來。意義的生產可說是地景書寫的重要價值之一，透過不同作者的文字書寫，地景不斷被疊加出更豐富的意涵，進而成爲一種「符號」。因此，人們不但可以直接經驗地景，創造出自己的專屬意義，也可以透過地景書寫所形成的符號，間接「經驗」地景，遞送歷史長河流傳的意涵。

在眞實的地景中透過視域與身體在空間的移動，同步體驗時間的穿流；而在地景的書寫中臥遊，則能從附著記憶與情感的文字中，受到地景所承載歷史與意義的潤澤，這是東海地景與東海書寫相互交映後散發的光輝。由於經驗來自於感覺與思想，地景書寫因此能傳達居遊其間者的感受與價值，見證人們與地景相互定義，相生相成的過程。在以東海地景爲對象的書寫中，我們更得見美善的地景是如何塑造了東海人獨有的氣質。

東海校園中自然與人文交融的多樣地景，以及其所積累的意涵，透過本單元的五篇散文可窺知一二。文本所記載的諸般東海地景，經過歲月的淘洗後，如今或仍可得見，或已然消逝，所幸透過文字，地景的今昔得以相互映現，牽引出更深厚的情感網絡，烙印成一篇篇動人的書寫。

歷史學者兼作家吳鳴的〈約農路的鳳凰樹〉為讀者汲取東海的種種地景，創造出一種時間上的參照，映現人世的流動。今日我們仍可在大雨後見識到文中描述的約農河，但在河水穿越而過時總要奏起「高低急緩迭次樂音」的口琴橋，則早已不復得見。即便如此，透過文本的閱讀，當時河水流過口琴橋所發出的樂音，彷彿於雨季來臨時，仍在過客的心中悠悠響起。此外，約農河水流停息時，作者所鍾愛的明朗陽光，如今仍舊穿過相思林的枝脈群葉，靜待人們翩然走過時撩動起灑落於山徑間的記憶樹影。至於樹影花蹤，總能閃現「愛情」的意涵，今昔皆然。為此，在作者筆下的約農路，那年年開落的鳳凰花，仍兀自對讀者述說著：「花開是離別，花落盡處是情份，緣起緣滅，直須看盡山城花。」看盡山城花後，眼中留下的花蹤樹影，也就成為你我生命中的一席「流動的饗宴」。能不能帶走，端看是否用心領受。

生物學者林俊義的〈傾聽相思樹海的心跳〉則述說了東海地景中的生命如何躍動在

東海人的日常生活與學術研究之中。透過本文可知，東海創校所在的大度山，原是一整片荒蕪淒涼的黃土地，經過了二十多年的栽種與孕育，才得享有清蔭覆蓋的相思樹海。因此，在爲時甚久的歲月裡，校園隨時可見蜥蜴、金龜子、白頭翁及各種鳥類。這些住在東海的好朋友們，成爲東海空間中脈動不止的「心跳」，在情感的牽引下，牠們也就成爲師生學術研究的對象。如今，在學校擴建發展（一片片相思樹林的被砍伐，化爲一棟棟代表著「校務發展」的建築物）之後，這些物種因生存空間縮小，漸次在校園消失。本文提供的思考是：物種的消失，是否意味著東海的「心跳」正逐漸走向停息？而「生態校園」原始規劃精神的尊重與保存，會不會才是學校的一脈生機呢？

人文學者與知名作家鍾玲的〈金碧的相思林〉也以相思林爲題材。通篇行文細膩，娓娓道出大學四年中，相思樹林如何以其潛移默化的力量，成爲她創作的泉源，並影響她日後的發展。作者認爲，獨自漫步於相思樹林那種遺世孤寂的經驗，使得東海人身上大多沾染一股獨特的山林氣息。帶著一身鋒芒進入大學的她，被相思樹林默化出渾然內斂的性情，見證「自然地景塑造了人文，人文景觀則陶養學子的心性」之看法。相思林雖然有時看似是一種逃避現實的象徵，但離開校園後才能了解：對從事文學藝術者而言，相思林其實是一種美感的暈染，這種美感會成爲東海人心靈的守護神。本文也提點讀者，即使著名地景「夢谷」如夢般消逝，在東海地圖上已無影蹤，但黃花點點，宛如無數心香上升的相思樹，仍以金碧山水、胸中丘壑，訴說與東海人生世共存的祈願。

東海創藝學院院長羅時瑋教授的〈東海心・大度情〉，則以建築與景觀的專業角度說明東海知名地景在設計與文化上的意義。除了詳述路思義教堂作爲二十世紀最爲經典的地景，其創作原由以及美學與結構的境界所在。本文也引導讀者在文理大道上品味兩脈榕蔭幽徑，層層穿透、隔而不絕的合院，以及迴廊所展現的幽雅閒適，並點出：東海的「灰瓦、白牆、清水磚牆、清水混凝土與各種樹木等構成一個單純內斂的校園景觀」，使得「學校只是一人文舞臺，人才是舞臺上的主角」的理想成爲可能。而「低低地壓近地平面」的「一條條長長的水平線」的設計，則賦予人們「一種貼地的實在與寧靜」。文中所道出的「原來大度山本來無心，是東海大學給了它一片心」則點出東海地景的意義，道出人們在自然中創造人文地景的行爲價值。閱讀本文，讀者應可領會經由藝術家之手所創造的東海地景（包含自然與人文），已從原本「莽莽蒼蒼、枯榮由天」、「無心也無情」的大度山，點化成「有心有情」的大度山。如此的大度之山，才得以具備培育懷抱「清夷君子風，博大聖人心」的人才條件。

〈白宮〉一文出自本單元最年輕的作者黃俊凱之手。文中所敘寫的男生宿舍（男白宮）也是東海知名地景，由於校方規定新生都得住校，學校宿舍自然就在東海人心中佔有一方天地。對住宿生來說，宿舍空間、住宿生活與宿舍傳說，則在他們心中構築出東海人專屬的胸中地景。不同故事皴擦的痕跡，如同羊皮紙上書寫的歷史，層層覆蓋，在一代代學子的話語交換間留存、綿延。作者筆下的東海宿舍記憶，透露出的訊息是：「有一點故事的地方，多少能連結不同代人的記憶」；而所謂的「記憶」，經由留校任教的學長姐傳承、添加，更富「故事」性。當然，這些記憶地景得以傳承，若沒有作者那般有心地「一一默記在心，實地走訪了三遍、四遍，每一次都停留許久，怔怔出神，只為了尋找新與舊的接痕」，一切終將消散。

閱讀本單元，讀者可從中領會，能夠身處在這片自然與人文交融的地景之中，無論是學習、工作、生活，或是一面之緣的造訪，將都是上天所賦予的一種生命祝福。

註釋

【1】對本文所談及的空間、地方與地景的概念，得自段義孚：《經驗透視中的空間和地方》（臺北市：國立編譯館，一九九八）一書，此段引文在該書第四十九頁。

約農路的鳳凰樹

吳鳴

本名彭明輝，一九五九年生，臺灣花蓮人。東海大學歷史學系畢業，國立政治大學歷史學博士。現任國立政治大學歷史系教授，曾任《聯合文學》執行主編、叢書主任，聯合報編輯，曾獲時報文學散文首獎，著有《湖邊的沉思》、《晚香玉的淨土》、《我們在這裡分手》、《疑古思想與現代中國史學的發展》、《歷史地理學與現代中國史學》等書。

這次回到大度山，約農路的鳳凰樹長得更茂密蒼鬱了。可惜季節已過，看不到如七月流火般的花朵。

走在約農路上，兩旁扶疏的綠蔭遮蔽整個天空，路樹外是一片青草地，草地上植了一排杜鵑，約農河便順著杜鵑流過校園，穿越大學路往夢谷流去。不過，大部分時候約農河是沒有水的，只是乾涸的河牀。河牀上方隔一段便建一孔橋，形狀宛如口琴，於是好事的東海學生便名之爲口琴橋。如果住在第五宿舍，每逢雨季來臨，河水穿口琴橋而過，會發出高低急緩迭次的聲音，而各種不同的傳說便隨之而來，最最動人的當然是愛情。關於愛情，口琴橋的傳說是有一位吹簫的少年愛上了一個美麗的女孩，每晚便到約農河畔爲伊人吹簫，而簫聲悽悽，悲涼的感覺使愛情充滿蕭颯而寂寥，終之泣血而亡。

流傳而下，每支簫的內側總也刻意地塗上一層紅漆或其他紅色的顏料，用以掩飾爲愛情泣血的悲壯。每當雨季來臨的時候，口琴橋孔水流嗚咽，便宛然是那少年的簫音悽悽了。但我卻並不喜歡這樣美得太過悲情的故事。我寧愛明亮的，陽光的健朗之美，即或愛情也是一樣。而在文學的領域裡，我便愛中唐的壯闊而不喜宋詞的婉約，此無關高下，純是個人性情所適而已。也因爲如此，我素不喜文人騷客舞文弄墨的矯揉而嚮慕壯士的豪情。那樣風雪獨行遊於天地間的情懷是我不能完成的夢境。而我卻還在學院裡與書卷爲伴，偶而也效風流儒雅的書生行徑，執筆玩墨，私心總不免汗顏。懷想當日負笈異地，卻也有著壯遊之志的。初上大度山時，最先映入眼簾的便是這兩排緜延伸展的鳳凰樹，那樣蔥綠的飽滿著自然之美，彷彿生命滿得要溢出來一般。路樹旁的草地上有羊群低頭吃食，牧羊人安安穩穩地躺在樹蔭下睡覺。雖然不是塞北，不是祁連山下，我卻彷彿聽到駝鈴的聲音。那樣似近還遠的感覺從地理書中走出，不期然地走到現實的時空上來。總也不能忘情那第一次踏進東海校園的感覺，遼闊的校園，蒼鬱的林樹，有一種令人心折的恢宏氣度。

而大度山卻只有樹，沒有花；這是漢子的渾厚，而非女子的婉約。一九七七年我初上大度山，連路旁的杜鵑也沒有的，後來大概校方覺得種花也好，就零零碎碎地植了些一串紅與杜鵑，聖誕紅也不甘示弱地在路思義教堂草坪外稀稀落落地生長著。但我們仍喜愛相思林與鳳凰樹，覺得那才是東海的代表。許多年來，創校時的篳路藍縷黃土漫天，而今已是林樹蒼鬱，卻還要種花。花太柔美，與校園的遼闊終不相侔，同學們還是深深喜愛著密密的相思林子與約農路的鳳凰樹。

說來好玩，大部分人提到鳳凰樹時不免想到離別，而慣稱之爲鳳凰花，東海的學生卻很少說「約農路的鳳凰花」，總說是「樹」，其實樹與花本是同一物，卻因心境、場景不同，而稱呼的習慣有異，如臺大人稱校園爲「杜鵑花城」，卻沒有人說是「杜鵑樹城」的。如果在東海說「約農路的鳳凰花」，那麼，我們就知道你不是東海人了。因爲我們是不那樣說的，我們一定說「約農路的鳳凰樹」。又像陽光草坪的羊蹄甲，雖然也開花，尤其四月的時候，羊蹄甲花開如一樹紫氣氤氳，卻仍沒有人說那是花，而覺得是樹，因爲大半時候只是樹而沒有花。由這些小事看來，東海人的孤意與執著，也是可想而知了。

大學時代，我們總覺得自己是天之驕子，長長的約農路隔絕了外在世界與校園生活。尤其學校又在大度山上，距離市區尚有十數公里，下山進城殊多不便，學生便理直氣壯的待在山上了。這樣一待就是四年、五年或者更多，所遭遇的人事物無非是同樣的思想模式與生活模式，特定的語辭，封閉的環境，養成我們潛意識的自戀情結（雖然我極不願意用這樣的字眼來形容自己和自己的同學），於是自豪、自負便是黏貼在身上的標籤。在校時人人如此固不自覺，等到離開東海，不論是繼續念書也罷，踏入社會也好，東海人常常水土不服。這幾年來，我看到自己的同學或學弟妹，走出校園後的遭遇，不免總是憂心忡忡，連我自己在內，都是需要再教育的。每想到這些，心裡就不禁沉重起來。走在約農路上，蒼鬱的鳳凰樹依舊挺立，年年有學子上山下山，上山是修道，下山則必須面對江湖的種種面貌，正義與邪惡、飛揚與沉淪，永遠在未定之天。很多事不是參禪悟道能夠解決的，知識的領域之外，我們還有很多要比力氣、較勁道的地方，除了擁有最美麗的校園，我們總還要有點別的什麼？

約農路的鳳凰樹年年開落，花開是離別，花落盡處是情分，緣起緣滅，直須看盡山城花。我總是不能接受鳳凰花開季節的離別，那樣刻意地造作，彷彿鳳凰花不開就可以不離別。而此去經年，都是鳳凰花的錯。其實不過一次又一次的畢業，又何曾有過多少千里之行？詠物懷情，在生命的過程裡，我們常不自覺地多愁善感，鳳凰樹在六月花開，學校的畢業式也在此時，於是鳳凰紛飛就成爲離別的象徵了。而我對約農路的鳳凰樹卻是一種定情，定情於讀史學文的心路，定情於成長的痕跡，如果說生命有所謂轉型期，那麼，東海四年大概是我生命成長過程中的最重要階段了。在此以前我是一個浪莽懵懂的孩子；上山以後我開始接受人文學科的基礎訓練，學習思考，學習與古人心靈的對話。而今，長長的八年過去了，再上山時已非昔日的跳脫少年。沉穩的腳步，讀史學文的心路雖緩慢而堅定。不論前路荊棘多少，我相信終點的桂冠。而沿途的荊棘、花草，便也是好山好水看不盡了。

多少次重回山城，草木依舊，校園裡的唐式建築依舊。總也是不能忘情的鳳凰樹挺立在約農路上。我懷著虔敬的心情上山，膜拜成長過程中的心靈殿堂。約農路上的鳳凰樹伸展著茂密的羽葉，迎風搖曳，我作客的心情也隨著輕快起來。

閱讀延伸與討論

一、爲何作者說東海的重要地景——「約農路的鳳凰樹」對他而言是一種定情呢？

二、作者認爲進入與世隔絕的美麗校園如同出世修道，人人養就一番出塵之姿，但總有一天要離開校園面對社會的種種現實挑戰。根據本文，作者在校園中獲取了什麼能力，使得他在往後的人生可以從容穩健地前進？

三、許多花蹤樹影在作者筆下化爲永恆的人文地景，校園中有哪些自然景觀可以映現你心靈的跡痕呢？請試著用文學性的語言描述出來。

傾聽相思樹海的心跳

林俊義

一九三八年生，臺灣環保（反汙染、反核等）社會運動的先行者。國立臺灣大學外國語文學系畢業，美國印第安納大學生物學博士。曾任東海大學生物學系教授、國民大會代表、臺北市政府環境保護局局長等。著有八卷本《林俊義文集》等書。

一九五五年東海創校時，這塊一四〇多甲校園是一片荒蕪的黃土地，每逢冬季東北季風肆虐，塵土飛揚，植被不多；其實整個大度山都是一樣，如同現在一樣荒蕪淒涼。但在創校先賢的規劃下，這一四〇多甲的校園經過二十年的孕育，在刻意的栽種下，形成了別致的相思樹林景觀，蒼碧綠野；當大度山其他地域荒蕪景觀依舊，東海卻已變成相思樹海；三十年來，東海變成全國最美麗、最富人文氣息的校園。一九七五年我自國外回來時，也就是因爲這塊校園的吸引力而選擇了東海。當時文理大道頂端的鐘塔以西，相思樹海橫貫校園東西，也因此擋住風沙而使東端的教學區及住宅區塵沙不染；猶記得一九七九年時學校拍攝一部簡報，其中即有一幕是我帶著學生進入生物系鄰近的相思樹林內，進行臺灣攀木蜥蜴的族群調查；我的學術研究也得助於相思樹林的存在，在這片廣大的相思樹林內，我幾乎把常見的蜥蜴都加以研究，論文發表在國內外學報上，並得到國科會及教育部的獎勵；早期東海校園上，白蟻、金龜子、白頭翁及各種鳥類（例如綠繡眼）形成師生愛恨交加的生活感受；夢谷、河溝及相思樹海更是東海人永不抹滅的印象。

隨著學校不斷的擴充，相思樹林也隨著縮小，對我而言感觸尤深，因爲我所專研的對象——臺灣攀木蜥蜴——已逐漸消失；在原圖書館一公頃的相思樹林中，我曾發現攀木蜥蜴族群的密度高居世界之冠（平約每月四百隻），至於草蜥、蝎虎、石龍子均富研究價值。當時我雖曾向學校建議保留，但擴充學生的壓力，如同現在，使得保留相思樹林的呼籲不被接受。我常懷疑學校擴大是無止境的嗎？如果是必要的話，爲什麼整體規劃一直都未提出討論？爲什麼可以割讓土地以供郵局轉運站興建之用，捐血中心也可以獲得土地（已因學生對郵局轉運站的護林運動而中止）？

東海校園的相思樹林，有學校創校之時規劃的精神，有異於其他大學的生態校園的生活經驗，有足以稱爲大學氣派的景觀內涵。眼看著東海校園創校規劃精神並未受到應有尊重（或不予維護），眼看東海與臺灣社會一般，追逐於成長及量的擴大，而使校園景觀迭遭破壞，使學生品質逐漸低落，使相思樹林遞遭砍伐，心裡當然有無限的感觸與憂戚，因此，我很能感受到學生強烈反應的心理情結。一方面，相思樹林是東海師生求學生活的具體象徵，也是自然景觀賦予學生產生憐惜的感受，砍伐相思樹林，不管是用什麼理由，都一定會使學生昇起一股難割難捨痛惜情懷。

我建議，在東海校園中相思樹林既已成爲師生們腦中的一種感情象徵，何不在現存的相思樹林中劃出「保留區」，以免後人又以成長和量的擴充爲由，犧牲校園應有的完整性？另一方面，我也希望學生在關心相思樹林之餘，也能對東海別墅的生活環境（已不是人住的）、東海溝的污染、大度山區整片的破壞，臺灣生態的蹂躪提出同等強烈的關懷及行動，這樣學生的護林運動才更具意義。

閱讀延伸與討論

一、「相思樹海的心跳」指的是什麼？這些「心跳」爲何會逐漸走向停息？作者的憂心你能感同身受嗎？爲什麼？

二、在校園中你可看到哪些小動物的身影？請分享你的感受，並說明你和這些小動物在校園空間共存的意義。

三、本文極力呼籲要保存校園生態，但以美國爲例，許多位於城市中的著名大學，主要是由錯落在街道間的建築物所構成，鮮少自然景觀。請比較兩者的差異，並說明自然環境對大學生的校園生活有何影響或重要性？

金碧的相思林

鍾玲

一九四五年生，廣州人。東海大學外國語文學系畢業，美國威斯康辛大學比較文學系博士，香港浸會大學文學院榮譽教授、香港浸會大學「紅樓夢獎：世界華文長篇小說獎」之創辦人。曾任香港浸會大學文學院院長、協理副校長、美國紐約州立大學阿爾巴尼分校副教授等。著有小說集《大輪迴》、《天眼紅塵》等。

不管你是不是一個喜歡孤寂的人，只要你考進了東海大學，那四年會有很多時機，你非要一個人穿越相思林，或是夜間由圖書館回宿舍、或是放假你走晚了一天。你穿過密林，在不知不覺之中，相思林潛移默化你。

東海的相思林是我創作的泉源之一，這是一點也不錯的。記得我大二的時候去旁聽小說家聶華苓的文學創作課，在一九六〇年代東海大學的中文系已經開這種課程，可謂開風氣之先。聶老師有一次堂上的作業是叫同學擬一封情書，她說擬得愈短愈好。我望著教室窗外的相思林，想像春夜林間會飄起迷濛的輕霧。我想：如果我化身為一棵相思樹，我會迷上那若即若離的霧，於是我擬出一封簡短到連上下款只有十個字的情書：

「霧：

你使我迷惑了。

相思樹」

一、全臺灣有哪一間大學幾乎整個校園一眼望去都是鬱鬱蔥蔥的樹木呢？

相思樹啊此物最相思！那麼浪漫的名字。這樹、這林、這名字，或多或少造就了東海大學學生的個性和氣質，我不是誇張，人家說東海大學畢業的學生跟其他大學的學生不一樣：男的比較淳厚、女的比較飄逸；東海大學美術系學生畫出的畫也跟師大或藝術學院的學生筆下不同，東海的畫風比較浪漫、比較空靈。是不是因爲我身爲東海人就自吹自擂呢？不是的。在成長的過程中，一個人周遭的環境肯定會影響到他的個性，尤其是大學那四年，思想和感情都在急驟成長，大學的自然環境會在他的成形時期，打上最後的印記、會替他定型。

以前我總以爲，是遠離市區的大度山、是橫掃山頭而下的涼風、是夜空特別明亮的群星，是這些造就了東海人不食人間煙火的氣質。但在一九九〇年代的今天，臺中市區和工業區已經蔓延上山，層層包圍了大學，校園不再遠離塵世了；風不再直入無人境地掃過來了；我去過蘭嶼、登過玉山公園，那兒的星星，仰望起來更加明亮。在一九九〇年代長成的東海人依舊具有那種典型的氣質，在我任教的中山大學外文研究所去年八月考進來兩個東海學生，身上依然沾著我熟悉的山林氣息。我想，造就這種典型氣質的，主要還是那一片覆蓋整個大度山山坡綿綿密密的相思林了。全臺灣有哪一間大學幾乎整個校園一眼望去都是鬱鬱蔥蔥的樹木呢？能有幾棵大樹已經不錯了。

如果這一刻我動念想東海，腦中浮現的總是我自己一個人，在黃昏時分，漫步於山路上，夾道是望不見底的相思林，我正走向中文系陳曉薔老師的家去吃晚飯。路上除了我沒有第二個人。路燈在相思葉中掩掩藏藏，蒼綠的葉子把燈盞映得像一瓶青白的螢火蟲。偶爾林中閃現聊齋世界中的一暈黃燈，那是教授住的獨立洋房窗口透出的燈光，除此之外，只有相思葉浪的沙沙聲和蟬鳴。好像整個宇宙只剩下我與這片相思林獨對，漸漸地我已習慣了這種遺世的孤寂。

喜歡與相思林孤獨相處的絕對不只我一個人。有一次我與幾位同學穿越山頭那一大片相思林散步，忽然林中飄揚起若斷若續的歌聲，活像密葉中藏著一位山林女仙。走到巨大的圓形水泥水塔前，才看見塔上坐著一個披長髮的女孩正在唱歌，是我們同屆的陳秋榮，她似乎比我更愛相思林。然而，不管你是不是一個喜歡孤寂的人，只要你考進了東海大學，那四年會有很多時機，你非要一個人穿越相思林，或是夜間由圖書館回宿舍、或是放假你走晚了一天。你穿過密林，在不知不覺之中，相思林潛移默化你。像是我，在高雄女中念書的時候，是一個外向的女孩子，甚至可以說是個鋒芒畢露的人，但是四年下來當我離開東海大學的時候，我個性已經變了，變得內向而內斂。是不是東海的相思林把我塑造成一個不同的人呢？

我曾以東海爲背景寫過一篇短篇小說：「刺」。如今重新翻看，發現我在寫東海的環境背景時，眞的是完全著墨在相思樹上。小說一開頭，女主角凌珂與男同學朱炎泰進行所謂談情說愛的場景，就是在一棵大相思樹下。凌珂是一個冷艷的女孩子，修長婀娜，皮膚雪白，有一雙令男孩子侷促的水晶眸子，但是她也懂得用陽光射在花瓣上一般的笑容來逗引男同學。她是一朵帶刺的玫瑰，她喜歡別人爲她燃燒，熱烘烘地替她活血。她不斷地傷害追求她的男同學，其實都是因爲她來自一個破碎的家庭，父親早年拋棄了他們母女；還有，也因爲她在童年時候被一個暴露狂嚇壞過，所以她對男孩子不但極端自衛，而且以報復的心態來耍弄他們，當朱炎泰以青春的熱情，再加上一些心理學方面的知識，快要刺破她層層自衛的繭時，她嚇得離開他，飛奔入相思林躲了起來，因爲她不敢面對他，也不敢面對自己的過去、不敢面對自己潛意識層中的恐懼。因此，在某種意義上而言，東海的相思林是不是一種逃避現實的象徵呢？

二、相思花樹的色彩令人聯想到國畫中的金碧山水。

那麼讓我重新來解讀我這篇小說「刺」。我是不是藉著美女凌珂來刻畫東海氣質背後的另外一面呢？凌珂是不是象徵相思林醞釀出我們那種逃避現實的心態呢？東海的學生在山上住久了，在相思林中徜徉久了，在我們眞正接納了孤寂以後，會不會形成一種自閉的心態呢？當我們步出東海、踏入社會、踏入人群，像是到軍中入伍，像是到社會上工作，甚至是與東海同學以外的對象結婚，我們會不會有適應上的困難呢？會不會不適應比較現實、競爭比較激烈的環境呢？那麼東海相思林塑造出來的氣質，對學生的一生而言，是有助益呢？還是一種妨礙呢？我自己倒是的的確確感激相思林的，我筆下的那一股浪漫和纏綿，我酷愛的神祕主義、生死輪迴的主題，或多或少都是相思林賜給我的。也許相思林對從事文學藝術的人而言，是美感，是守護神。雖然相思林削減了東海人在弱肉強食社會上的競爭能力，卻能添增我們藝術家的氣息。

當然東海的樹不是只有相思樹，大門進來夾道羅列兩排鳳凰木，五月花開的時候，一路燒進校園去。還有，路思義教堂旁的大道邊，以及河溝畔種了幾棵巨傘一般青青的垂柳。但是相思樹肯定是主角，它無處不在，無處不相思。男同學走在幽暗的相思林中，如果偶然遇見一個飄逸美麗的女孩，他會以為自己是書生在山中撞到迷人的狐仙了。如果是一個女同學走在密密的相思林中，她遇見一個自得其樂吹著口哨而來的男孩子，當他們四目相投的時候，她心中會閃爍著一行字：「這是命中註定的緣份嗎？」當一個人在林中漫步，迎面走來一對牽著手的情侶，他們那種自然的親密，他們那種閒散的微笑，你會以為遇見蜀山劍俠小說之中得道雙修的仙侶了，也難怪東海男女同學成雙成對的特別多，其中結婚成家的比例也不少。相思林當然最容易牽引相思，觸發愛情了。

翻開大學時代的照相本，有一張外文系同班同學在郊外野餐的相片。瘦長的美國老師布爾Buell博士坐在中央，同學們散坐在周圍的大卵石上，河谷兩旁都是一棵棵高大的相思樹，這是什麼地方？這不就是夢谷嗎？如今夢谷已在東海的地圖上消失了，三年前我由校園南側，順著河溝出去尋找夢谷，前面卻橫著一大片工業區，夢谷已經化為夢幻，郊外的相思林已大多砍伐殆盡了，只留下東海這一片綠色的山坡。

我沒有資格討論東海相思林的生態，相思林的環保意義，許多專家會發表這方面的意見。我純粹是由美感的角度來看，想想看，如果沒有了那片蒼鬱的相思林，東海還能稱得上是美麗的東海嗎？相思樹的樹幹尤富動態美，婀婀娜娜、婷婷裊裊，像是無數縷點著心香上升的願望。最美的時節是花季，尖長如鳳眼的青葉，護住無數朵細巧得像小絨球似的黃花，春風一吹，萬點金黃色的花兒就散發濃郁的香氣，飄散在東海清新的空氣之中。相思花樹的色彩令我聯想到國畫中的金碧山水，一種用泥金、石青和石綠三種顏色為主繪成的山水畫。東海不是活脫一幅金碧山水畫嗎？金黃色的相思花、碧綠的相思葉，還有小河溝中映著青天的流水。我們曾是畫中人，現在重新展開畫軸來觀賞這幅山水圖，畫中只餘下一片金碧清爽的相思林，畫中再也找不到在社會紅塵煙霧中浮沈多年的我們了。

閱讀延伸與討論

一、你認爲校園的自然環境會對正值「成形時期」的大學生，打上印記，並使之定型嗎？請分享。

二、作者認爲東海學生具有何種氣質？這種氣質的養成和校園環境有何關聯？你曾經欣賞（或羨慕）過哪個學校學生的氣質嗎？爲什麼？你認爲校園環境所塑造出來的學生氣質，對學生而言，是一種助益？還是妨礙呢？

三、作者喜歡在相思樹林獨行時的遺世孤寂之感，你是否也有類似的經驗？請獨自到校園走走，並寫下你的感受。

東海心・大度情

羅時瑋

一九五三年生，東海大學建築系畢業，臺灣大學土木研究所交通工程碩士、比利時魯汶大學建築碩士、博士。現任東海大學建築系教授兼創意設計暨藝術學院院長，曾任東海大學建築系系主任。著有《情境與心象——漢寶德》、《地方前進》、《擾動邊界》等書。

四十多年前，於臺中市西郊大度山上，在一片紅土荒野間，由美國基督教聯合董事會捐助成立東海大學。當時邀請了貝聿銘、陳其寬與張肇康三位先生負責校園規劃設計與施工，也引進那時臺灣建築界的新銳們（如華昌宜、漢寶德、胡宏述、李祖原等），他們為這所新大學設計實現了前所未有的新空間形式，至今在臺灣似乎仍沒有其他大學的規劃設計，能超越這種校園的格局與品味。

這個新大學中心校園區的配置，就顯出相當恢宏的氣度。文理大道是教學區的主軸，除在入口處相對地配置行政中心與（舊）圖書館外，文理工三學院錯落開來配置在大道兩旁。教堂作為全校的精神中心，卻不是佔在文理大道的軸線末端，而是讓開文理大道的軸線，使文理大道上有開闊的視野，讓來往師生可以無阻地看到遙遠的山脈與天空；教堂所在之處，則擁有另一個獨立的天空與草地，提供教學之外的自由遐想空間。光這一點，就讓人佩服當年參與創校的基督徒與主持規劃的建築師，基督徒們無私地贊助教育，建築師們也不諂媚當權者，以今天來看要做到這樣是不太容易的。

這個大學的空間基調是素樸的、鄉野的，房子使用的材料都是不加修飾的本來顏色，灰瓦、白牆、清水磚牆、清水混凝土與各種樹木等構成一個單純內斂的校園景觀，學校只是一人文舞臺，人才是舞臺上的主角，所以走在校園裡，放眼所見，活動或不活動的人是被凸顯的主體，校園是安靜的背景。而校園處處顯露鄉野的趣味，不只房子與土地親切的長在一起，如舊宗教中心、男女生宿舍等，很多戶外的階梯、駁坎、矮牆等構造，以卵石、灰漿粗砌而成，部份施作還逐漸沒入土裡，真正地落實天人合一的理想，但今天回過頭來看這一切，還眞切合創校校訓「求眞、篤信、力行」的質樸理念。

這些早期的東海校園建設，已是眾所公認的臺灣近代建築發展的重要里程碑，其中有些時代意義值得溫習；今天東海大學面對內部擴張與外界競爭，亟思因應轉型，也必須正視這些空間遺產，重新考量其價值。只是對所有東海人以及喜愛東海的人而言，東海校園讓人珍惜與懷念，在於它的與眾不同，它是唯一，無可比擬；天地間只此一處，它是讓人從生命根本處來學習的地方。

合院與迴廊

文理大道兩旁的合院建築群，包括文、理、工學院，圖書館（今行政部門使用）及行政大樓等，大道外還有男女生宿舍、學生活動中心等建築群和體育館等，構成早期校園主要建築空間，這些建築物的形式相當統一，皆是兩披水灰瓦屋頂、清水混凝土柱樑框架、正面開間爲木質門窗與清水紅磚填滿側牆的作法，教學與行政部份皆採三合院形式配置，宿舍與活動中心則是各棟相互平行垂直錯落配置。文理大道連貫主要教學區與行政區，是大家最熟悉的地方，兩旁的榕樹經四十年成長，已是綠蔭夾道、清涼滿地，早期校友大概很難想像當年黃土飛揚的文理大道，今天可以綠的這麼飽滿。

余秋雨在「山居筆記」書中，寫他如何在文化大革命中「大串連」活動的一個夜晚，誤闖長沙嶽麓書院，一開始他根本不知身在何處，只覺得在暗夜裡的牆與院落間：「也許……曾經允許停駐一顆顆獨立的靈魂，……這兒肯定出現過一種寧靜的聚會，一種無法言說的斯文，……這個庭院，不知怎麼撞到了我心靈深處連自己也不大知道的某個層面。」應該有很多人像我一樣，每次夜裡走過文理大道，逛進老學院的迴廊，都會感受到那種無法言說的斯文，禁不住遙想無數靈魂在此寧靜聚會的光與熱。四十年的東海自然無法與嶽麓的千年滄桑比擬，但建築師的心靈深度，在空間的經驗中賦予千年的質地，讓人在庭院間只覺自在、從容，忘記了時間的差異，也忘記了外在世界的煩囂。

文理大道兩旁的合院建築群呈現東海校園空間最重要的美質——虛靜之美。水平線是最主要的線條，一條條長長的水平線，低低地壓近地平面，是一種貼地的實在與寧靜；水平的牆線、簷線、窗臺線，與蜘曲伸張的榕樹枝椏，幾何的與自然的水平線，形成文理大道的獨特景觀。合院空間的虛透，使人走在文理大道上，看往學院的視線可一層層地穿透樹列、臺階、門樓、迴廊、中庭，一直到最後面的二樓主屋立面，主屋與兩棟側屋間也不連接，可穿透到後面兩個小角落。每一合院建築間錯落配置，虛實相生，實中有虛，空間處處流暢，很少窒礙擁擠的地方。

然而虛中也有實，所有構造細部上的講究，與對材料本質表現的堅持，反映出一種篤實的精神。這種細部處理上的實在，使人接近建築時，產生一種觸覺的舒適，願意觸摸、貼靠、或坐或躺地使用這些建築。建築元素的表面也會積下塵泥，長出青苔，留下歲月的痕跡。就像大道旁的榕樹，這些合院與迴廊也似有生命，與活動其間的師生員工深情相守。

教堂的曲線

東海教堂是大度山上的奇蹟降臨，一個偉大靈感的實現，一個無盡風情的姿態。它的設計與興建過程，已經成爲建築史上的一則傳奇。它的粗胚是年輕的陳其寬先生，在貝聿銘先生事務所以一個又一個的模型發展出來，期間加入貝先生及其他同事的各種意見，最後在圖書館找到圓錐雙曲面的幾何形式，才將設計初步定案。但具體的實現，還有待在臺灣找到鳳後三先生做出結構計算，以及敬業的吳艮宗先生帶領光源營造廠的投入。據說在施工中吳老闆發現薄殼部份裡外兩層鋼筋間未標示繫筋，特地到臺中市城隍廟擲筊求問，結果神筊落地，居然有一隻立著，不肯躺平；害吳老闆緊張地坐夜車趕上臺北，找鳳先生商量，結果由吳老闆自掏腰包把繫筋補上。對後人而言，不管是雙曲面頂上的十字架，或城隍廟的筊示，都是至誠與天地感通的見證，是所有參與者的勇氣與創意的昇華。

在早年的校園裡，教堂是唯一的曲線，這曲線是它獨一無二的姿勢。它從地底拔起，優雅地旋向天空，以那麼複雜的曲面變化，來完成那麼單純的整體造型，它不但是一個工程上的饗宴，也是心靈上的境界。它的圍被與靈透，只有依靠當代技術才可完成，但技術與巧思之外的心靈意向，才是讓這教堂成爲聖所的主要因素。

近四十年來，路思義教堂不只在大度山上呑吐日月精華，它更在所有東海人的記憶裡銘刻成永恆的意象，它是東海人走遍世界後心中的唯一。多少東海兒女，在霧濃的夜晚，將自己身影印上教堂牆面，許給自己一個縹緲的未來。將近四十次的子夜鐘聲，在教堂對面響起，從中送出多少祈禱，捎來多少福音；在那雙曲格子樑下，又有多少的人間幸福從這裡開始，多少尊貴的生命在此獲得安息。四十年人間種種成長的喜悅與哀傷，化成雙曲面的記憶；路思義教堂已是東海人的精神圖騰，神聖又深奧，暗藏著無數只有星星還記得的祕密。

在建築專業上，它是臺灣在過去一百年來，少見的具創意性的傑作，但比起它在人心裡的份量，它是建築傑作的事實只是一個小小註腳。它是大度山生活的歸零點，所有人來到這裡都接近自己存在的原點，重拾與自己、與天地對話的習慣。

白牆的質感

一九六零年代在校區較外圍地區，由陳其寬先生主持設計，興建了好幾棟白牆圍塑的建築，如校長公館、招待所、舊建築系館、藝術中心（今音樂系使用）、女性單身教職員宿舍（簡稱女白宮）等，這些建築皆是以白牆包被主要結構，形成其量體塑形特色。

最早完成的校長公館與招待所外裝形式，包括圓形陶管漏牆或屏牆、木質落地窗扇等，不只是一種本土構材的再發揮，也帶出很有家居味的生活想像。早期東海校園建築是一項「屋」的形式轉化的實驗，初期以清水混凝土框架、清水磚牆與兩批水屋頂做出新時代的「屋—院」的基本形式，而這兩棟白牆建築呈現的是「私」的新意境與新趣味；假如文理學院是東海校園中的「大調」音樂，校長公館與招待所這兩所與眾不同的白牆房子，則開啓了校園「小調」的序曲，這一步及之後的白牆建築，使校園空間多了一個細膩層次，使大度山不僅從荒蕪中闢出人文格局，而且自此更增嫵媚情境。

然而陳先生的貢獻不僅在新情調的引進，還把那一時代的創意帶進來，路思義教堂是偉大創意，舊建築系館與藝術中心也是創意傑作，尤其是藝術中心利用混凝土倒傘狀結構做出尺度動人的庭院，將現代結構形式與傳統合院建築類型巧妙地結合起來，加上月洞門與花瓶門的形狀，在現代空間體驗中也有思古之幽情。庭院與表演廳舞臺間有一捲門，有時捲門拉起，庭院與表演廳則連通一起，室內外打成一氣的場景格外令人懷念；鋼琴獨奏會的清雅，現代舞表演的狂野，坐在室內或室外，各有不同享受。

此外女白宮（女單身教職員宿舍）也是一個有深度的作品，客餐廳利用坡地形勢做出的高差變化，是東海校園內的空間一絕；另有男白宮（男單生教職員宿舍），爲胡宏述先生設計，簡單經濟中也見不少巧思。這些早期白牆建築，是六零年代的美感經驗，就像當時盛行的水墨抽象畫，留白也是畫的重要部份，不畫而留白，白是空間，是虛的空間，與有畫的部份積極作用。白牆建築以白爲色，強調一種虛靈的情境，牆內的虛空間變化更是設計的重點。

斜角的嘗試

漢寶德先生在七零年代擔任系主任期間，設計興建視聽大樓與建築系館，新餐廳（今紅林餐廳）也在同時期建造完成，這三棟建築是新一代的白牆建築，量體增大，形式風格也異於從前。

視聽大樓與新餐廳對當時校園環境皆是叛逆之作，以四十五度與六十度大斜角切出新的空間思維方向，建築系館西側也沿著四十五度斜軸鋸齒狀退縮，這些在東海校園都是全新的嘗試。前兩者皆圍出廣場，而且是硬鋪面廣場，這也是創舉，標示東海逐漸自鄉野型大學轉變為都市型大學；它們提出了全新的公共空間形式，因為廣場與庭院不同，庭院是讓人繞著走的，廣場則是引人走進去，而且可從四面八方走來走去。視聽大樓廣場在辦活動時就熱鬧起來，而餐廳廣場則成為日常活動聚集場所，於是在原來銘賢堂旁邊鄉野型廣場之外，校園裡又多了兩處活絡的公共節點。

早期校園建築，使用有色瓷磚的只有教堂和校門立柱及警衛室，都用橙黃色瓷磚。視聽大樓與新餐廳首度使用與它們一樣的橙黃色瓷磚，打破校園裡教堂與校門獨尊的迷思，從此校園開始增添起橙黃的活潑色彩。它們在量體上的變化也是活潑的，它在外觀上完全擺脫傳統房屋的形式，再也不被斜屋頂或合院形式所拘限，斜的屋面與廊頂是量體切割的效果，而不是傳統屋頂的再現。可以說，視聽大樓與其後的新餐廳與建築系館，憑藉的是抽象的現代美感與合理主義。

為大度山立心

視聽大樓因過度老舊，已於二〇〇一年暑假拆除，原地正興建新的教學大樓。在拆除前校園內也曾因此事有過一段時間的爭論，試圖在發展與保存、滿足空間需求與維護環境品質間找到平衡點，這似乎是擁有美麗校園的大學，在發展導向的進程中無可避免的難題，但也因爲有過那陣子的論辯，應作爲校園空間資產的部分與可作爲校園發展資源的部分，在東海人心中約略也交疊出共同的區劃版圖。

數年前曾經有一晚，剛讀過《近思錄》，獨自走在校園裡。心中還想著橫渠先生的志向：「爲天地立心，爲生民立命……」；月下經過教堂，走過視聽大樓，走過行政大樓，走上文理大道，在走近工學院時，眼光飄向黯黯的學院迴廊，看到清水磚牆與混凝土柱圍出的門廊，突然心中一盞光被點起來；原來大度山本來無心，是東海大學給了它一片心，原來這山上莽莽蒼蒼、枯榮由天，原本無心也無情，只是當年那幾位懷抱理想的年輕前輩們，在這無心山上立下一片人文的心，從此這面山名為東海，以東海為心。

那一夜在東海校園，我稍稍體會到宋朝儒者的胸襟與意志。原來這社會本無心，人來人往、汲汲營營，但有志者就是要窮一己之力，為這樣的社會立下一個心；原來這天地本無心，天地不仁，以萬物為芻狗，但就是要為這樣的天地立下一個心，要為天地找回仁心。這是多了不得的大志向，是何等莊嚴、強勢的積極意圖。東海大學立校之初，那些可敬的女士先生們，在有意無意間，為大度山做出不得了的改造，之後在歷任主其事者經營與堅持下，在無數師生的護持下，大度山成為有心有情的世界。行政中心樓上，還掛有當年于右老的法書：「清夷君子風，博大聖人心」，東海之能成其為東海，蓋其來有自乎！

橫渠先生所謂「為學大益，在自求變化氣質」，而東海校園嘉惠無數東海人的精神資產即是作用在此。在此校園四五年，求得一技之長外，環境給予的薰陶，在潛移默化之中成就東海人的靈魂。這種由校園環境累積成化的精神資產，是真正人格教育的活水泉源；這樣的條件，放眼臺灣，幾處能夠？東海心牽繫著一代代東海人及友人，也維繫住向著大度山的情感，這份校園資產其實正是無盡的大學資源啊！

補敘

去年六十周年校慶時，正是我這屆校友畢業四十周年，同學從海內外四面八方回到母校相聚，每個人都在彼此的初老體態中，尋找當年的青春年少蹤影，久別重逢的喜悅讓大家體內的東海血液熱度飆升，大家交換著各自不同的家庭事業經驗，感嘆很多人生起落的脈絡源頭都從這校園開始。

我們是小班制最後一屆，學校擁有臺灣最大的單一校園，但師生才八百人左右，那樣密度的校園是臺灣教育史上空前絕後的傳奇，見證與享受這傳奇的我們與之前的學長姐，緊守著那時獨特的校園記憶，似乎成為訂下心靈盟約的特殊夥伴。

一九九一年我回到母校任教時，師生人口已擴張了近二十倍，校園氛圍變得緊湊熱鬧，雖然人事規模大改，校園核心仍大體維持創校時風貌，當時自己也步入中年，愈能理解校園環境的魅力所在。二〇〇三年應《文訊》邀稿而寫下這篇文字，轉眼又過十幾年，承蒙中文系林香伶教授建議收錄於她主持的出版計畫，謹此表達誠摯謝意，也期望東海之心從大度山上影響更多人間實踐。

羅時瑋　二〇一六年四月六日

閱讀延伸與討論

一、請根據本文，說明作者如何敘寫東海校園的設計理念與構建歷史，並簡述路思義教堂的設計巧思與技術。

二、本文強調東海大學在大度山創設的地景，是在爲這原本無心的山立下一片「人文的心」，所謂「人文的心」指的是什麼？

三、請選擇校園中的一處地景，爲同學進行校園導覽。導覽内容包括地景設計的風格與特色，以及該地景所呈顯的人文精神。

白宮

黃俊凱

一九九二年生，嘉義人。東海大學中國文學系畢業，現任職服務業。曾獲校園故事書徵文競賽寫作組銀質獎、蕭毅虹文學獎、桃城文學獎等。

「大學，總該有些傳說吧？」不管這傳說是關於人還是鬼。抱持這樣子的想法，乍聽自己蝸居兩年的白宮可能就要拆了，我總覺得……老兄，如果不幫你留下一點故事，我眞的有些過意不去，畢竟，你也照顧我兩個學年了不是？

雖說我只要看人說得煞有其事便會信個半成，然而，道聽塗說還是要經得起查證的。於是我選擇等待，不論是哪處要興建新宿舍、室友計劃租屋什麼的，那都還是浮雲……但是，當棟長被請求下個學年別再住這這棟時，這傳言我已經信了它七、八成。

每段故事一起了頭，便有個結尾在等待著。誰也不知道最終章會在何時奏響。既然別離的時候到了，那便細數一下，那些遺落在時光裡的糖。

穴居

你大概不明白。當初選擇要找你時（大二以後以抽籤決定住宿），我已經做好進入「異次元」的準備，當入宿的日子到來……爹開口就是一句：「這麼爛？」我可是說了好多話爲你開脫（也有一部分是安慰自己的理由）。後來某天假日，同男餐裡的一位老闆娘聊天，聊著聊著，竟蹦出一句：「這樣條件能接受，那基本到哪都能活。」我當下似乎捕捉到一絲靈感，關於「當過兵的人，生命力會直逼小強」的奧祕。

民國六十二年建成，六〇年代，石油危機、美資退出、十大建設……當時學校缺錢又缺人，情況確實很危急、很尷尬，我懂得，但節省資源省成這樣也是一種奇葩。你不覺得，你在這兒就跟旁邊的朋友們扞格不入？不是我胡謅，你朋友們都著了唐裝，怎就你穿了陸戰隊軍裝？剃平頭也就罷了，慘白無神的臉色以外，約農路開過去後（落成時，建築系館旁邊一整條柏油路仍不存在），還得在你身上漆條黃黑警示紋身——真有點進入軍事重地的感覺。

資源是這樣省的：床鋪是打進牆裡的（隱私還不錯）；通往上鋪的階梯，是水泥牆上突起三塊方形腫瘤（手掌大小）；衣櫃上方還要設計一張床（塞塞一寢可以五個人，沒有電腦那些道具的話）。算一算，床鋪的木料添購都省了，裝潢也都免了。頂多怕摔下來（上鋪），釘個小欄杆（偶爾會鬆脫掉落）。因著這樣神奇的床位設計，歷代學長常戲稱自己是「山頂洞人」。

到了我入住的年代，石瘤已經替成木梯，居住人數也下降到三人。而今我最好奇的，還是許多年前二樓的中庭（類似H大，一樓向下挖，二樓看似一樓）——那兒原該有棵樹的，只是在我最初的印象中已是塊木樁，再經過一段暑假，只剩下雜草了——當枝椏茂盛時的晴天，這裡會是怎樣的景象呢？終是看不見的夢了。

大學長

只要是宿舍，都有些故事吧？我的是這樣想的：但凡是學校宿舍，一定有故事；而看上去特別老舊的，肯定有鬼故事。無奈，在多方探訪後，期望破滅了：鬼故事竟然沒有比別棟精采——你對得起你的老舊嗎？光想都替你臉紅。

我記得，別棟有「半夜躺在床上睜開眼看見天花板上出現一顆頭」這種等級的獵奇故事，十七棟對面的小橋有浪漫的女鬼幽會故事。可惜，沒眞的影。眞正的女鬼橋已經被土石和柏油埋在地底下了，地點大約是男生宿舍要走到建築系館外面的那條坡。不論如何，有一點故事的地方，多少能連結不同代人的記憶。就算是假的。

那你呢？聽說有幾年，這裡的浴室鏡子全面拆除，理由是因爲不只學生，教官也看見鏡中人。鏡中人的版本有紅衣美少女（換在女宿會不會有美少男？）、猥瑣老頭子和塞滿鏡子的人臉……總之，後來鏡子裝了回去，這故事也變得不那麼眞切。

倒是有段故事沒什麼問題。多方尋找後，拼湊故事如下：大約是民國七十幾年吧，東南亞某國僑生入住此處。因著語言隔閡，生活、學習都不大順利，又同女友分手……這下子，還有甚麼能證明自己的價值呢？在各種的壓力下，無顏見江東父老的他，便在放暑假之際，室友老早打早搬行李回家過暑假，一個人在寢室割腕自殺。鮮血沿著桌際滴滴流下，傷口不斷冒出鮮血，在最後的自虐性數刀後，客死異鄉。

死訊沒被人發現。直到消毒人員到各宿舍噴消毒水時，一打開門猛聞到一陣惡臭，大叔還吼著：「喂！少年欸！怎暑假還不回家啊？」可當他定睛一看，全身上下爬滿蛆蟲的屍體擺在眼前……聽說，死過人的這一間，曾有學生住進去，但卻怪事連連。比如：晚上睡覺隔天起來會頭腳方向完全相反，或是常在人聲吵雜時會有人哭的聲音。

這間房位在二樓，棟長室隔間，正好位在L形轉角處。有次咱系教官開門一看，發現人口數不單純，也未多話，畢竟特殊原因才打通了這兩間，我便隨著系教官一探究竟。來到事發當地，通風不是很好，採光要靠電燈泡。向前直視，牆上掛著一幅行草：天地有正氣，雜然賦流形，下則為河岳，上則為日星……恰恰是文天祥〈正氣歌〉。

照棟長笑笑解釋，自從掛了這玩意兒和那個（指著另一邊掛著八卦）後，怪事情減了很多。嗯？陽剛正氣嗎？其實我一直挺好奇的。如果陽氣管用，那鬼故事在男宿就不應該出現才對。但因著這則故事，我和室友們入住後便為「他」取了個「大學長」的代稱。其中一個室友還因此失眠了幾天（因為擔心大學長的問候）。哎，今後大學長也只能流浪了吧？

牆壁上的麵條

想來想去，終究是「男子大生的日常」會比較可愛，於是我開始了探訪。我的邏輯是這樣的：照族譜看來，你經歷的風霜也不少，只要是男老師，跟你相處過的機率必定居高。在下定決心的豁出臉皮後，皇天不負苦心人，竟然直接命中初代入住生——劉榮賢老師！

但老實講，我還是很難想像劉榮賢老師所說的，當時編列二十一棟的你（後來才改十一棟）是最新的宿舍。而當男宿白宮落成時，附近中式外觀的宿舍已經存在。我疑惑的是：怎麼幾些年過去後，你已經固定招待學長們（新生都會住品質比較好的）了？難道是防空洞模樣的設計更容易顯老？我一直以為你是所有建築群中年紀最大的（也都這樣幫別人指路，沒出過錯）。

我問起老師，當時候有沒有印象深刻的日常？老師笑了。在當時，學生常在宿舍裡煮東西，在那時候是用電爐（考證後應是電陶爐，由爐盤中的鎳鉻絲發熱進行熱傳導），然後放上茶壺，直接在茶壺裡面煮東西。此回事件便是煮泡麵。事情是這麼經過的……

阿賢心下沒轍了，於是走到門口，敲了敲門，便要問訊。應門的人來了，打開門，那同學道：「喔！劉榮賢啊！有什麼——」語未畢，忽聞驚天巨響——砰！

阿賢看見了，整間宿舍出現麵條四射的百年奇景……

「砰！……爆炸了。」老師模仿了音效，兩手也沒歇著，模擬了爆炸的特效，「那名同學背後也貼滿了麵條。」我追問了細節，原來，壺裡的水都乾了，麵都糊了，黏在底部。這下好，受熱不均，便搞出個爆炸的結果。在這次事件中，只有出現輕微燙傷，其餘平安，而整間屋子到處貼滿了麵條，清掃上倒是一大難題。「到期末離宿，」老師露出回憶的神情，「把牆上的壁報撕下來的時候，還看見有乾掉的麵條黏在牆壁上。」我似乎能聽見牆壁的哀傷。

案發地點位在一樓，樓梯要往下走四階梯；從宿舍中庭三叉路看過去，陷在地下那排的其中一間就是了。老實講，還未入住的我經過時，還一度以爲那是「雜物」與「倉庫」之類的集合體（彈藥庫之類的）。後來入住後也是靠著走道，人們走在石子路上的聲響，總搭配著複雜的音調……

無意間的竊聽

我從音調中聽出了不少樂趣和困擾——起初我眞的很困擾，但總不能怪你隔音設備弄不好——人類很奇妙，只要時間一長，再苦也能找到適應的訣竅。

大約是你的白色外牆讓人誤以爲「厚實」吧？來往的同學們都忘了那幾乎占了牆面二分之一的窗。無論白天夜晚，大家都放下了矜持，勇敢談論各種事情（當然也有唱歌，那天他心情好像不錯）：其中大約有三、四次，是談論本系老師的特色教學；有無數次（眞的太多）是討論剛剛或前晚的遊戲戰術，其中以英雄聯盟（LOL）佔最大宗。

但印象最深刻的，當然是「深情款款」系列故事。有兩項是家庭糾紛，一件是跟零用錢有關，另一件是跟未來（畢業後）有關。有三次是人際糾紛，大約五、六人的團體發生了齟齬（我保證互罵的慘烈內容都沒記住）。還有四、五次左右，是甜得讓人害羞的告白和情話（去哪玩就記不清了）。

竊聽眞的有違良心。但聲音一向是最霸道的玩意兒，擋都擋不住。爲了同學們和我們自己的身心靈健康著想，朋友約一約，買耳塞幫助入睡（屬於消耗品，要定期更新，一副十元）。

風流記事

有時候眞不得不佩服自己的命中率。民國七十九年左右入住的陳慶元老師，分享了當時的「男子大生日常」。老師與作家甘耀明、李崇建他們同期，據老師說，中文系的男生就這寢與對面那寢共十人左右而已，都在這裡了，而對面那寢特別有「文青」的味道。除了有同學超熱情地帶頭唸詩，對書籍的討論也沒少過。畢竟也就兩寢而已，想不注意都難，不比較更難，一來二去，兩寢的創作風氣便這樣被帶起來了。

在宿舍煮東西大概是個傳統（大一住校前，爹媽也問要不要帶電磁爐或電鍋），不然後來校方也不會費心蓋去廚房。到了這時候，用電鍋（大同品質保證）煮東西，像是綠豆湯什麼的。於是可預料地迎來了跳電。當整棟宿舍開始哀嚎的瞬間，全體人員便會啓動無消演練的默契，將所有可疑的耗電器材隱匿起來，若無其事看書，等待風平浪靜、雨後天晴……再拿出來繼續。

沒有手機的時代，寢電可是身負重任。尤其對情侶來說……

一天到晚你儂我儂會是什麼感覺呢？作為阿元的室友們，他們深深感受到了。早上梳洗完回來，電話中；上完課回來，電話中；到了晚上，大家開門後劈頭就問：「慶元啊，要不要一起去吃……呃，你繼續。」

而今寢電的功用是：教官特別關心（緊急連絡什麼的）、小組長通知掃區，以及向住輔組或電算中心告狀（各種緊急狀況和維修），現在哪能見這種「寢電熱線」？手機和網路發達的現代，同學們若不是各自捧著手機（被室友趕）出去尋找靜謐地，就是用視訊和通訊軟體連接兩個（或以上）終端、大肆哈拉。

你發現，當天色暗下後，這樣的畫面已經是常態了：對面寢明明只有一個人在，卻對著螢幕不斷吼著：「上路、上路，快快快……嗯啊！（慘叫）」或者，出現比較浪漫的案例：和對面的女友合唱情歌（你聽得見清晰的女聲）。

尾聲

我正替你思考「看上去鬼氣森森」的可能原因：旁邊宿舍區三叉路，有兩株茂盛的鳳凰木；看上去有三成體積是在地平面以下；白天時，陰影常在附近舉辦茶會——而你慘白色的臉色也像是活見鬼。

但是從二樓中庭（和三樓）看出去，陽光（有的話）無限明媚，走廊甚至還有老家的韻味。這些日子看下來，中庭似乎變成一個很有趣的公共場所。晴天時，同學們各展奇招，椅子、衣架、洗臉盆……通通出動，目的就是為了曬被單、衣物和枕頭。若逢陰雨，草兒們會一夜增長半米高，翌日便有同學與它們揮劍（棒）發洩。圍繞中庭半圈的階梯，也常是同學們閒聊時的場所……奇怪，怎像個老人似的不斷對回憶感慨？

或許是因為：經過歷史記憶的重建後，總會讓人設想許多年前的這裡是怎生模樣？東海校園又是什麼景象？然而很多時候，很難去區分時代更迭所造成的功與過，建築尤其如此。榮賢老師說，那時文理大道的盡頭是那座鐘塔，往後三米便是一整片的相思林。圖書館是現在的總務處，三十棟沒建、人文大樓未見，宿舍區寬敞，視野宜人……我一一默記在心，實地走訪了三遍、四遍，每一次都停留許久，怔怔出神，只為了尋找新與舊的接痕。

回到中庭的階梯後，我發著呆：四十多年的歷史，因為有你，保存了不同代的情感和記憶。這或許就是老事物的價值與意義。故事的結尾正在招手，最終章響起了，別離的時候也到了。兩年來承蒙你的照顧，不論畢業後還能否看見你，下一個學年也不會再相處了，所以，永別了。

閱讀延伸與討論

一、本文安排「穴居」、「大學長」、「牆壁上的麵條」、「無意間的竊聽」、「風流記事」、「尾聲」等段落，這在寫作布局上有何作用？作者是如何鋪陳與貫串宿舍空間的意義和歷史的呢？

二、你是否有住宿舍的經驗？你所嚮往的宿舍生活為何？對你而言，住宿舍與住家裡的大學生活有何不同？

三、作者聽聞老師描述過去的東海校園故事後，便「一一默記在心，實地走訪了三遍、四遍，每一次都停留許久，怔怔出神，只為了尋找新與舊的接痕」。請拜訪資深教師或畢業的學長姐，並寫下他們分享的校園故事。

盛夏，緋紅熾烈的青春

盛夏，緋紅熾烈的青春

郭章裕

英國童話故事《小飛俠》裡，彼得潘（Peter Pan）所居住的島嶼名爲「Neverland」，「Neverland」其實就是「never-learned」的諧音，其中隱含著人可以永遠不要長大的盼望。人，一旦長大，必須面臨生存，必須學習務實，必須向許多的人與事漸漸低頭妥協，太過張狂的想像、太過認眞的執著和太過耽溺的孤獨感，總被人們看做無聊，甚至是受到嘲笑的愚騃癡傻。

長大，常常意味著心性趨於世俗化，可能是人生裡最無奈卻也不得不的歷程。由此來看，「青春」大概可說是童年與成年之間的中介。離開不費力氣就能興高采烈的童年未遠，抵達事事都要以大局爲重的成年，也還有一段距離；往往爲了一切所愛，可以熱烈激昂、浪漫澎湃，孤注一擲地縱情揮霍，似乎將生命如柴火般燒成灰燼，也在所不惜；或者在某個孤獨的角落，靜靜的與自我心靈獨語，像是做著一場又一場，只有自己知道的夢。

廣袤的校地，蔥青如茵的草坪，處處蓊鬱如林及四季開落有時的樹與花，古樸的磚紅校舍，高聳的澄黃教堂，翻飛的蜂與蝶，蟲鳴與鳥囀，風雨與湖光。依山近海的東海大學，在在處處，看起來都彷彿是夢幻之境。有一種包容且繽紛的美，像是爲了孕育無數無窮永不凋零的青春之夢而存在。

發生在東海校園裡的青春故事，太多太多了。只是青春的美好與亮麗，往往也如夢一般，總在事過境遷、幡然大寤之後回首眺望，才能驚覺那些曾經閃耀的光芒，然後被文字深深地記憶；因此，談起青春這一主題，多半也伴隨著許多時光流逝的繾綣與哀愁。本單元揀選七篇散文與一首詩，追憶當年在東海校園裡的青春記事，作爲本書精彩尾聲的校園之歌。

戴君仁〈大度山山居記〉，見證了上一世紀五零年代，東海大學初創時的校園情景及師生情誼。彼時校園一切皆在草創，諸多建物連台階都尚未建造，且滿地黃土石礫，兼以山區風大雨多，氣候多變，竟連登樓或行走都頗具困難。所幸教師同仁彼此親近，常能相互照應生活。加上學生也住在校園宿舍，與師長終日相處，極少拘束，情感甚爲融洽。除此之外，同僚與師生情誼，山區雲景、都會夜景與鳥語花香的春光，也足以讓人印象深刻。文章附記了幾首古典小詩，除了委婉表達出校園生活的各種情景，也顯現出作者深厚的古典學養。早期的東海大學雖然荒涼，但淳厚的人情、絕美的自然景致，讓校園生活溫暖了起來。如今東海校園黌舍儼然、規劃齊備，已與當時不同，此文猶如校史文獻，讀之起人幽情。

楊牧詩、散文俱著，本單元收錄散文〈又是風起的時候了〉，通篇懷想天眞浪漫的大學生活，對照社會世俗的艱辛，抒發對過往青春的惆悵不已。「離開了東海，才知道東海的四年只是我孩提時代的延續」，當下的情境，往往此刻不能體會，事過境遷後回想，才會驚覺可貴與美麗。猶如童年是人們永遠緬懷的鄉愁，沒有離開遠行，很難發現原鄉的美好。在秋涼的時節裡，完成學業甫自校園離開的楊牧，回憶起東海校園中種種往事，曾在此讀書求學、探索愛情、思考人生，也曾在此嬉戲郊遊，看花開，看星空升起又落下，看流水與翻飛而過的螢火蟲。四年中有些燦爛時光，也有些灰暗的片段，但在離開校園，面對生活的艱難之後，回憶起來，只覺得四年的校園生活，唯有無限美好，美好到無憂無慮，美好到宛如一場不眞實的夢境。也唯有痛快地揮灑過青春熱力，才能有如此深刻的記憶，那怕回憶的同時，難免懷抱著萬種愁緒。

知名詩人余光中〈重上大度山〉有「星空，非常希臘」的名句，其實是來自於東海的靈感觸發。〈大度山懷人〉一詩則將「人」放置在永恆的天地海風之間相互對照，流露猶如「念天地之悠悠，獨愴然而淚下」之感的渺小與孤獨。大度山的風，大度山的樹，大度山的路，像是一種永恆的存在，靜靜看著每一位來去此地的過客。想必也曾靜靜看過作者的好友，當年駐足於此的身影。然而，風、樹與路，卻也不經意淌露出時光流逝的訊息：路會左右曲折，送走一去不再回返的人；樹蔭也會變得濃密，已非昔日枝葉稀疏的光景；風仍然自海面吹來，只是不再會是當年的那道海風了。天地尚且無法長久，也沒有人能眞正留駐在此，更沒有人能眞正被大度山永誌不忘。作者感慨景物依舊，人事已非，故友不在此處，已足以令人傷感，何況自己其實也只是一名過客，終將被此處所遺忘，內心愁緒不可言喻。

宇文正〈脂肪球時光〉一文以回憶爲軸，敘寫當年課堂間許多少男少女的幽微情愫，雖然只是偶然勾連起的往事，卻足以讓人低迴不已，正是「思念」的力道與重量。偶然行走於街上，一位豐腴女性的背影，讓作者回憶起大學時期小說課堂，報告《脂肪球》以及課堂間的青春回憶。青澀曖昧、朦朧迷離的情愫，課堂間聰明伶俐的建築系男孩們，頗具才氣且擅長圖畫，被認爲與作者有過曖昧情愫的少年阿里，零零總總幾段往事看似有所關聯，又似乎不甚相關。「因而想起我的二十歲時光，儘管那些記憶早已錯亂、重疊如那張A3影印紙」。或許所有記憶的線索，隨著時光不斷推移遠離，一旦整理起來，都如這般光影交錯、紛雜如絮。原先自以爲歷歷在目可以辨識，最後才驚覺身在當局，迷霧重重，竟然欲辨忘言，想說也說不清，乃至於不知要從何說起了。然而，又何以在多年後會忽然提起並嘗試重整這些記憶呢？也許正如作者在最後一段所暗示的，一種自知或不覺，對於過往年少的自己與同學們，心裡始終潛藏著的，那個無法複印而極其玄妙的「思念」吧！

〈微整形〉像是自我的獨白，楊富閔敘述在東海四年的大學生活，如何從裡到外，潛移默化地改變了自己的容貌與性格。「整形」是在形貌上稍做加工使之更為美好，但作者所言的整形，一來微小細膩幾乎難以察覺；其次，似乎也不是形貌上人人可共見，而是只有自己能察覺到的——性格上的轉變。比如：講話速度變慢，走路速度變慢，不再如從前喜歡與人爭勝，也變得更愛美，更能關注到周遭環境的美，發現幾處只有自己知道的夜景私房景點……此外，還習慣一個人讀書、遊走、寫作、吃飯。「離開上千人的臺南大家族，東海終於讓我變為一個人」。可能唯有在獨處時，人才學會眞正面對自己，與自己對話，而不流於與他人的競爭、比較，才會眞正顯露出個人的特質，獨有的性靈，而「變為一個人」。天高地闊，洋溢自然生機與人文氣息的東海校園，總能予人一種奇異的陶冶。縱然環境對於人的潛移默化，未必會在短時間內顯現，可是不必心急，如作者所說，四年共一千五百多個日子，總有一天你會突然發現自己有哪裡怪怪的。說起來有些神祕，這般如人飲水，冷暖的滋味，也只能自己前來體會了。

劉致穎〈相思無語〉一文，說明愛情是每個人從年輕到衰老，特別是在校園中「曾經」面對的功課。作者敘述自己大二時陷入初戀，在藝廊前，在前往圖書館的路上，在中正堂長長的階梯，在相思林的羊腸小徑之間，在許多月夜的校園場景裡，處處都有甜美濃情的記憶。畢業之後，由於兩人不同的生涯選擇，分割了原本共同的世界，也中斷了彼此的音訊。兩年之後，偶然的際遇讓兩人得以聯繫，並重新成爲一對戀人，但因分隔兩地，加上彼此差異甚大的生活方式與愛情觀，再度分手。最後提到某日在路思義教堂前舉行同志婚禮，在場的人無不希望每一顆眞心與每一段眞情，都能長長久久，猶如草坪上的風可以去到遠方。作者在那日邀請舊情人一同觀禮，在當天兩人也牽起彼此的手，帶著笑意，眼神凝望著對方，似乎暗示幾經周折之後，又再度攜手成爲戀人。透過如此蜿蜒繚繞的愛情故事，作者在每一次的離合過程中，除了喜悅與悲傷的情緒，也流露對自我性格的探索和發現。愛情是從另一個個體的世界裡，折映出許多原本不能自我察覺的影像，及許多人性底層中不易顯現的質素，或許也是認識自我的一種途徑。

藍舸方〈最後你成爲一幅畫〉寫一段過往並深烙在心底的愛情。「假到眞時眞亦假，無到有處有還無。」許多時候眞假虛實並非對立，而是辯證地依存。猶如失去一段情感之後，回憶讓已逝的諸多情景歷歷在目，時時浮現眼前或心田，竟比戀人猶在的當日，還更為鮮明地存在。東海校園內的石板路、櫻花樹、濃密的林蔭小徑……，許多景點，是作者與戀人當年共有過的記憶，也曾在許多風景之中，按下快門留下身影。對作者而言，印象最為深刻的，莫過於在教堂前的草坪上對話，一起喝著梅酒唱著歌，倚靠在教堂橘黃色彎曲弧線的牆壁上，看著星空與來往的行人。儘管後來分手各奔前程，但時光凝煉成顏料，彩繪成永不褪色的風景，像是教堂牆壁上方方塊塊，歷經超過半個世卻依然鮮明的橘黃磚片。每每行經教堂前，總覺得那面牆還在夜晚裡，戀人們也依然在夜色裡微醺地唱歌。

同樣是愛情的主題，許閔淳〈路徑〉一文則是從失去的愛情裡體會到自我的獨處與成長的可貴。遼闊的東海校園裡，有著許多或寬或窄，或熱鬧或冷清的路徑。寬闊熱鬧的路徑，沿途往往是著名的景點或社團熱門的活動地點；窄仄冷清的路徑既鮮少人知，路上只有荒涼寂寥，彷彿成了個人獨知默會，可以通往內心世界的神祕通道。原本同行的兩個人，終究在岔路的端口分道揚鑣。作者走在校園裡的小路上，拼湊記憶，思念過往情景，最後走向人文大樓樓頂。在穿越一條澳漫綠光的長廊，眺望遠方燈火明亮，猶如粼粼波光的都會夜景，即便生發失落感，卻也有面對孤獨、與自我相互對話的體會。正如「而我終於走過那條孤獨的綠色長廊，漸漸學會自己的溫度」所言，獨處、沉思，學會與自己相處，對於一般人來說，恐怕並非生而能之，唯有歷經繽紛華麗之後，才能逐漸領會。

本單元最後三篇都以自己峰迴路轉的愛情故事，行文表達心境的成長與轉折，淋漓直切的歡快與憾恨，像是要向全世界宣告，唯有愛情，才是青春歲月裡唯一的眞理。

青春的美，可以是孤獨靜默，也可以是奔放熾烈，或內斂或外顯，不拘一格，要能產生沛然莫之能禦，足與天地爭輝的力量。宛如五月底六月初時，東海約農路夾道的鳳凰木盛開，花瓣和花蕊在枝頭聲勢浩大地燦放，隨後也如雨一般紛飛墜散在路面與草地之間。年復一年的初夏緋紅，像是要送別眼前正要離去的故舊，也像是要迎接不久旋將到來的新生。所有校園的青春韶光，終究會在花開花落之間，度過他們逝水的花樣年華。好在有足夠深情的文字，可作爲青春時光裡，永不褪色的紀念。

大度山山居記

戴君仁（1901～1978）

字靜山，筆名童壽，浙江鄞縣人。知名語言學家、文學家，著有《中國文字構造論》、《談易》、《閻毛古文尚書公案》、《春秋辨例》、《梅園論學集》、《梅園論學續集》、《梅園論學三集》、《梅園雜著》、《梅園詩存》、《梅園外篇》，合為「梅園十種」。總題《戴靜山先生全集》。

大度山在臺中西郊，是私立東海大學所在地。我和東海大學曾兩度發生關係。現在只記頭一次去擔任教職，在山裡居住一年的經過情形。

東海大學創辦於民國四十四年秋季，第一任校長是曾約農先生。曾先生原是臺大外文系教授，他就東海職，需人幫忙，便邀了劉崇紘先生和我一塊去，劉先生擔任歷史系主任，我擔任中文系主任。

東海頭一年因爲招生晚了，房子動工也晚了，上課便遲了一點。十一月二日開學，四日上課。我和原住臺北的幾位同事，都於十一月一日，才往臺中。車到臺中站，便有校裡職員助教們來接，坐了出租汽車上山。正西走，一出臺中市，助教劉崇純先生就告訴我，前面山上的房子，就是東海大學。我仔細向前望，看不見什麼東西。等車子上了山，才看見一片紅色矮房子，右首是個佛寺。再往上開，又看見幾座似樓非樓的房屋，車子便停在一個山坡下。劉助教說到了，這就是東海大學，當時我們同去的人都楞了。原來是座荒山，發紅色的土壤，插著稀疏的小樹和野草；高高下下的丘壑；大肚溪橫貫這座山，溪裡沒有一點水，滿是鵝卵石；在這原始的山谷裡，點綴著幾座中國樓閣式的建築。這實在出我們的意外！既來了，只好住下。我和劉崇紘先生同房間，住在男生宿舍；多數的同事，住在靠下邊的紅房子裡。這是給工人住的。因爲教職員宿舍尚未動工，教職員們便暫住工人宿舍裡。這時東海大學全部已成的校舍，只有幾座男女學生宿舍，和工人宿舍。文學院和行政大樓在工程中，其餘一切尚未動工。上課的那一天，文學院有一部分教室能用了，教室建築在高起的臺基上，離地有八九尺高。台階尚未造好，斜搭一塊木板，供人行走。我實在上不去，幸虧吳院長，就是現任校長吳德耀先生，和劉助教兩個人左扶右掖，把我攙上去。下了課，又把我攙下來。眞是戰戰兢兢，如臨深淵。幸而好，隔一天第一次去上課，總算台階造好了，免除了這種恐怖。但是另一種恐怖又襲上心頭。山上的土質，霑了水非常的滑，下過雨，簡直不能走。好在大度山秋天雨極少，風則既多且大。今日晴得好好的，明天就會整天刮風；甚至於上午晴陽如夏季，下午太陽偏西，一起風，便成冬天。但到春天，風漸漸減少，雨量卻多起來。記得第二年陰曆新正，教職員宿舍造好了，徐復觀先生是第一批搬進去的。元宵節的晚上，他邀我和孫克寬先生到他家去吃飯。同席還有三個學生，兩男一女，名字都記不得了，只記得那女孩子是胡秋原先生的小姐，她在化學系——現在早已畢業，到美國留學去了。剛上桌，便聽到雨聲，孫先生嚇得飯都吃不下。我說：不要緊，有年輕人，他們會把我們弄回去，別害怕。等到飯畢雨止，路上稀爛，三個青年，把我扶回去，不過一華里多路，走了大半鐘點。而在前些時，曾校長從住處——也是男生宿舍，和我們隔壁——到設在女生宿舍的教員飯廳去晚飯，雨中滑倒了，把腕骨摔斷，要不然，孫先生不會這樣害怕。那時東海校園裡雨後的道路，眞可稱之爲「畏途」。

風雨雖是山居的苦事，但山居的樂事，卻也不少。我後來因上面飯食不便，搬到下面紅房子裡，和多數同事住在一起，參加他們的飯團。一共有兩桌飯，吃飯的時候，也就是擺龍門陣的時候，天南地北，無所不談。有時在飯桌上吃一兩杯酒，更是其樂陶陶。飯後聚三兩個人喝喝茶，吃吃水果；有時下下圍棋或象棋。梁嘉彬先生的象棋癮極大，棋藝雖不高，而棋品卻極好。輸了總是笑嘻嘻地喊「再來」。所以我最喜歡看他和別人下棋。好天氣在下午常常出去散步，紅房子對面的普濟寺，更是我們常到的地方。寺前有一片場地，站在那兒往山下望，看見臺中市萬屋沉沉，雲樹相連，可以使你久立忘返。所以雖住在荒山裡，一點也不感寂寞。同事們在一起，固然很熱鬧，而學生們對老師尤其親密。東海男女生都得住校，學生宿舍分列文學院和行政大學兩旁，男左女右。都是非宮殿式的中國建築，而下面一層，都空起來，所以所有的房子都作樓閣之狀。宿舍開間頗大，只住四個人。在臺灣所有學校，論宿舍沒有一個比得上東海的。教職員宿舍較後造成，也可以說是各校之冠，舒服而且美觀。因爲教職員和學生都住在校裡，見面的機會多，容易接近，大家都覺得很親熱。學生們見師長都不拘束，敢說話，敢問問題。住得好便少下山，自然多讀書。我可以說：東海大學具有最好的讀書環境。

教職員宿舍是在第二學期春假全部完成的。我在「B」房子第五號裡住了三個月，放暑假便回到臺北。暑假前，同學們出了一個刊物，叫做《東風》，內容專載文藝。主編者要我寫點東西，我便寫了幾首小詩。這些小詩，可以現出我那時的生活，現在抄在下面：

晨夕雲嵐變化多，日長山靜景風和。先生食飽全無事，負手溪邊看牧鵝。
孟夏滔滔百卉芳，薔薇月季夜來香。臨窗更著芭蕉大，隔斷炎光午枕涼。
（夜來香即晚香玉）
颯颯長風入户來，午陰樓外轉輕雷；居然人在羲皇上，好據胡床睡一回。
夕陽在樹鳥飛還，向晚青山意更閒。歸與家人共蔬筍，一樽聊可散襟顏。
一抹輕煙晚岫青，玲瓏晶玉臥長屏。沉沉萬屋臺中市，贉有微茫數點星。
人靜空山早閉門，瀟瀟風雨打黃昏。年來百事都無賴，解意燈前且抱孫。
雨露群山只露尖，倦雲如海失茅檐，如何旭日東升後，水上滄洲取次添？
年年一藝課諸生，錄錄隨緣又此行；自是深山甘寂寞，不關世已棄君平。

這八首詩都可反映我在東海的生活，而內中三首特別有本事可述。一首是颯颯長風入戶來。某次，男生飯廳約我去同他們一起吃午飯。這是學校訓導處定的，請教員們輪流和學生在一塊吃飯，可以聯絡感情。我那次吃完了飯，懶得回家去，便到系辦公室裡休息。躺在藤做的沙發上，看見樓外午陰甚濃，雷輕轉，涼風颯颯，要下雨的光景，不知不覺在沙發上睡了一個舒適的午覺。第二首是夕陽在樹鳥飛還。有一天傍晚，我下辦公室回家，這是筆直的下山路。迎著對面的山，而山迎著柔和的夕陽，恬靜而優美，好看極了，我看看山，不知不覺走到家中，末一首是雨露群山只露尖，這一首是接著瀟瀟風雨打黃昏的。在一個風雨之夕的次晨，我一早起來，風雨已停，拉開窗帘一看，只見茫茫一片雲海，迎面的山都沒有了。走出屋外俯視山下，臺中市沉沉萬屋，也全不見了。過了一會，太陽出來，雲海漸漸消失，好像大水退下去一般，而水中忽然露出許多島嶼。原來是樹木的頂梢，一團團的大綠球，浮在水面。這是奇景，非山居不能見。我沒有到過阿里山，我想阿里山的雲海，諒不過如此。

我在四十五年夏天回臺大以後，隔了一年，輪到休假，又到東海教了一年書，住了一年，這時建築物增加了不少。次年回來之後，有兩年沒有去，去年陽曆年，曾去作客，住了一個星期。見房子又添了不少；樹木也都高大了，風的威力自然減小；柏油馬路也修好了；比起頭一年初建校時，眞有天淵之別。現在又有一年多沒有去，前天遇到一位在東海兼課的同事，他說東海的春天眞是好極了。風光明媚，鳥語花香。我想七年前荒涼的大度山，現在當是臺中最美的風景區了！

——傳記文學出版社股份有限公司授權

閱讀延伸與討論

一、根據本文，作者所見證到的東海初期校園，情景如何？請包含對於校舍、道路、橋樑等建設的描述。

二、所謂「風聲、雨聲、讀書聲，聲聲入耳」，根據本文，校園中的風雨帶給學生何種辛苦？又帶來何種快樂？請分享你的觀察與體會。

三、作者在文中以八首古詩反映他的校園生活。請從中選出一首你最喜歡的詩，解釋其內容，並分享類似的生活經驗。

又是風起的時候了

楊牧

本名王靖獻，三十二歲前以葉珊為筆名。一九四〇年生，臺灣花蓮縣人。東海大學外文系畢業，柏克萊（Berkeley）加州大學比較文學博士。現為國立政治大學臺灣文學研究所講座教授、國立東華大學中國語文學系榮譽教授，曾任西雅圖華盛頓大學教授。曾獲吳三連文藝獎、國家文藝獎等重要獎項。著作包括詩集、戲劇、散文、評論、翻譯、編纂等四十餘種。

又是風起的時候了，許是這小島接近大陸，秋來的時候，秋便來了。季節的遞轉那麼眞確那麼明顯。早晨起來，看到許多黃葉，鋪在沙地上，風聲颯颯，越是冷清了，越是寂寞了。

離開東海到今天正好四個月，日子堆高，懷念愈深。黃昏島上下過一場雨，從城裡回來，淋得一身濕透，在吉普車裡看路兩邊飛逝的木麻黃；雨越下越大，視野茫茫，不知道身處何方——許多淡淡的哀傷，許多愁意突然湧進胸懷。今夜站在路口，秋風吹在身上，涼涼的，像回到了東海，像看到了大度山的樹木和燈火，轉瞬又是譎幻空虛；天上幾顆寒星，憑添無聊。

在學校的時候很難看到學校的可愛，只知道改革，每天都激憤地想把自己稚嫩的理想放到四周去實驗，卻忽略了那麼多，那麼多溫情和友愛。在《古城末日記》（The Last Days of Pompeii）裡，那個驕橫的羅馬人Lepidus說"Jupiter's temple wants reforming sadly"（可憐那天帝的神廟正待改造！）作者嘲笑他說：「除了不知道改造自己以外，他是一切事務的大改革家！」我們也曾經是那麼幾個偉大的改革家，只是極少安靜下來想想自己而已，不知道自己多麼無知，多麼幼稚。看到石板路，怨它們太小太破舊；看到石橋，又怨它少了點雕飾，「爲什麼不做成拱橋？」你埋怨了：「平鋪水泥算得了什麼藝術？」無邪的心靈只知道夜夢理想，把自己的尺度荒唐地拿出來量世界的方圓——但世界太大了，我們看到了多少？我們生活在那麼優美充滿「氣氛」的校園裡，我們看到了什麼？只有連架的書籍，只有畫報，只有夢谷、水塔、古堡和那連煙帶霧的相思林罷了。

你能在書籍裡探求多少呢？四年的大學生活我什麼都沒得到，只知道如何尊敬學問，如何從卡片箱走向書架，照號碼找到厚重的洋文書——這些是什麼？抬頭看看夜空，有幾顆星你叫得出名字，你知道它們的距離？你知道多少年後有多少顆星要隕落，多少顆星要新生？世界宇宙，永遠在變動，永遠在流轉，書本能給我們多少？離開東海四個月我才參悟出這一點道理來，原來生活本身才是一門大學問，只有用生命去體驗，才是有血有肉的——這才眞是一步跨出了蒼白冷酷的象牙塔，看見天日，看見風暴，走進這世界來。

在校園裡生活的人是不大知道憂愁的，爲賦新詞可以愁，考試考壞了可以愁，經過女生宿舍看到電燈滅了也可以愁，愁上一夜，在床上反側，誦一段〈關雎〉。天明後，又是同樣的生活，掀開帳子，看看郊原隱霧，讚嘆一句：美麗的臺中盆地，早安，春天。在那麼青翠的天地中，在扶疏的枝葉和茵氈的綠草間，你看到了什麼？那些女孩子的陽傘、花裙，那些高貴的笑容，你看到了多少？「生活眞好，」你歌道：「感謝主，全能的主……。」

你也曾憑欄低迴，在沒有課的上午，十六宿舍的走廊（當春深的時候）最適宜遠眺，你看到河谷，和樹梢許許多多紛飛上下的黃蝴蝶，像紙花一般，飛上一個多月，然後，在一個小雨過後的清晨，開門出來，忽然蝴蝶不見了，你眼睛寂寞了，好傷心啊，也許你會滴下兩行情淚！生物系的同學說，他們走了，那是蝴蝶的生活——「你何不去藝術館後看桃花呢？這是桃花的季節哩。」感謝主，全能的主，去喝碗稀飯吧，看看郵局有沒有我的信，想起昨晚胡湊的那篇Browning's Dramatic Monologue心裡慚愧極了，對教授懷著偷懶的歉疚。眼睛酸澀得厲害。在東海，我們雖年輕快樂，卻整日疲勞。

但這些就是生活？生活這麼單純無聊嗎？你辯駁道：你知道得太少了，你該到夢谷去看野火，那火光可以告訴你很多眞理。你去吧，去夢谷，走過沿溪的小路，回頭還看得見圖書館三樓的燈光，瓦際還響著青春的華格納。樹薯、香草、甘蔗、相思樹，那野火只能帶你往情愛上聯想，你捲起袖子，砍下帶汁的樹枝，哼著英文歌加柴，生命就是那麼豐富了，生活就是這麼多彩多姿了。或許你和許多同學一起去，班上的女孩子除了忸怩，什麼都不做，圍成一圈吃吃亂笑，等你把鴨子烤好了，卻爭著要那塊烤得最熟最香的翅膀，也許還埋怨：你們這些死男生，怎麼不知道擺點胡椒到醬油裡？擺點胡椒吧，在生活裡也滲一點胡椒，讓你在辛辣裡嚐出一點眞諦來，讓你知道，熄火以後，如何歌唱地從谷裡走出來，如何疲勞地上樓，準備明天上午的「莊子集釋」。

我眞不願掃你的興，尤其當你爬古堡的梯子爬了一半的時候；我眞不願意教你灰心，眞的，不願意讓你在主日崇拜以後出門便遇見大雨，走不回去。那翠綠的大度山平靜而美麗，除了考試和舞會，你有什麼煩惱？教室裡多的是鴻儒碩彥，你甚至可以聽見老教授用純粹的英語朗讀Farewell, Othello's occupation's gone！回到中世紀，回到伊莉莎白的年代，回到浪漫時期，回到晚唐宋代——只要你上課時不計較女生的髮型，只要你不盤算回家的路費，你就是王子了，你就是騎馬過橋的五陵年少。

生活多麼好啊，當你沐浴完畢，站在窗口看新月昇起，心中充滿了歡喜和感謝——感謝主，全能的主，讓我能有這麼一個好機會在這裡求學，看山，和戀愛！你不知道什麼叫做爭執，不知道什麼樣的日子叫做恐懼的日子——你的日子像七彩的流蘇，那麼柔滑，在指頭間摩娑不完，多麼順心的一天，日子就是幸福，還想什麼？你把床舖理好，加一塊大甲草蓆，美麗的夏夜，螢火在河邊翻飛，流水湍急，楊柳又長又綠。站在橋上，看燈光拉長成幾十條破碎的帶子，看一顆流星滑下，不知不覺就回到了孩提。

離開了東海，才知道在東海的四年只是我孩提時代的延續。那些美麗的夢幻，那些憧憬都同樣疏落，同樣紊亂。在甜美的協奏曲裡讀甜美的詩篇，在圍巾棉袍裡鑽引「鵬之大，不知其幾千里也」；那些密密麻麻的注疏，古人的旁注和眉批，徐先生的筆記和論文。你雄心眞大，就希望自己能想出一個新解來攻擊長輩；而你什麼也沒有創造出來，因爲線裝書上的灰塵曾弄髒了你的衣袖——你是一個有潔癖的大學生？你的袖扣發亮？你的書籍燙金？唉，你知道得太少了，你知道天冷了有多少人挨凍嗎？你知道風起的時候，有多少人失眠嗎？「根據克羅齊的美學原理，表現一詞有它獨特的意義——」你枕著涼簟咀嚼這句話；什麼獨特的意義？「成竹在胸」，我明白了，明天到中文系去看看玄祕塔的眞蹟，後天呢？後天去斷崖野餐吧，順便看看落日。而我離開東海才四個月，已經看到了許多眞蹟，什麼叫做成長，什麼叫做生活，什麼叫做恐懼，什麼叫做割捨！那四年對我如浮雲，有時燦爛，有時灰暗，卻沒有太多意義。

你會問我，爲什麼不把它忘記？唉，你是忘不了的；四年的徜徉，我們知道每一種花的花期：聖誕花開的時候，正式合唱Christmas Carols的時候，頭巾大衣，點綴每一個角落，你對西洋來的先生說Merry Christmas，心裡卻嘀咕著，什麼時候他們也同我們一樣讀四書？感謝上帝，給我們一個歌聲悠揚的平安夜，到處都是腳步聲，鐘鳴三句，你爲什麼還不回去？天越來越冷了，東海的風越來越大了，吹得你寸步難行——有一天，突然太陽出來了，又下起小雨，在三月的午後，你走在小路上，看到苦楝花開了，飄滿一地，紫色的，那麼可憐地飄滿你路過的橋樑和草地。風雨不已，你打傘去圖書館看報，去實驗室看待解剖的荷蘭鼠，到文學院聽課；那惟一的木蘭花開了嗎？今年開幾朵呢？去年我數過，上帝啊，去年我曾偷偷數過，居然開了十一朵。

然後就是桃花了，你不愛桃花，愛人面艷紅。坐在草地上，你看不到桃花萬千，只看到遠遠宿舍裡的門啓門閉，許多女生拘謹地走過來，沒看你，她們看到的是自己的憾意，她們懷抱拜倫的詩集。這一切都平淡，像月份牌一樣，伸手就可以撕去，甚至可以取下，一直到滿山的相思花開的時候，你開始著急了，離愁漸生，流蘇數完了，你看看一退再退的論文，明天？明天我要走向哪裡？好多相思花啊，黃得教你難過的相思花，每一年都是那幾棵開得最多，我眞恨不得把它們砍掉。你慢慢理解了，幸福並不是永遠常駐的，原來也有這麼一天，我必須離開這個我熟悉的山頭，校門還沒建好呢，教室的瓷磚還沒嵌上去呢，爲什麼我要離開？尤其是，離開東海，我要去哪裡？

也只有離開我們熟悉美麗的校園，你才能體會出生活的不容易和艱苦，是的，艱苦，恕我說一句最平凡的話：「生活太艱苦了！」你要離開了東海，才知道世界原來並不是那麼美好的，也才知道，世界原來比東海美好！

在無意中，你會經過許多書本上忽略過的篇章，你會長大，甚至蒼老，而且變得冷酷。我覺得自己已經慢慢冷酷起來了，從童年一下跳到中年，只有現在，當風起的時候，在蠟燭光下，聽到炮聲斷續，聽到木麻黃的呼聲，忽然想起東海的冬季，目渺渺兮愁予。離開東海，又想起東海，像退了一萬步來看一座城市，或即或離，山光水影，不知道自己身處何方，那一剎那就是最甜美的Trance，懷抱萬種愁緒。

閱讀延伸與討論

一、作者認爲在學校時，很難看見校園的可愛，爲什麼？已經是大學生的你，重新回憶高中生活，感受最深刻的部分是什麼呢？

二、本文出現不少「你」和「我」的對話，「你」、「我」分別指的是誰？這種寫法在散文寫作上產生什麼效果？請練習用「你」、「我」爲主角，寫一段約二百字左右的自我對話。

三、作者在校園時極少安靜下來反思自我，認爲當時是無知和幼稚的，你能說明這些感嘆產生的原因嗎？又，文本中出現「那火光可以告訴你很多眞理」一語，「眞理」所指爲何？

大度山懷人

余光中

一九二八年生於中國南京，籍貫福建泉州永春。現任國立中山大學、國立高雄第一科技大學講座教授。曾任國立中山大學文學院院長、香港中文大學聯合書院中文系系主任、美國西密西根州立大學英文系副教授。著有《聽聽那冷雨》、《夢與地理》、《左手的繆思》、《五陵少年》等書，新詩、散文、評論、翻譯、編輯等五十種以上。

大度山的風
浩浩從海上吹來
仍像你當日
那樣慷慨

大度山的樹
從相思到細葉榕
卻比你當日
更密更濃

大度山的路
無論左彎或右盤
仍像你當日
隨著山轉

其中有一條
送你迢迢去山外
一去已半生
不再回來

而我也只是
一宿重訪的過客
山上的行人
有誰認得？

有誰認得呢？
除了天風吹野樹
吹上山的路
下山的路

——七十五年十二月七日與鍾玲同上大度山演講，一夕遠懷楊牧而作。

閱讀延伸與討論

一、作者與鍾玲一起到大度山演講後，寫下本詩懷念楊牧。請和本書收錄的〈金碧的相思林〉、〈又是風起的時候了〉兩篇文章做比較，說明三名作者的寫作特色。

二、本詩以東海的風、樹、路三種意象作爲開展的主軸，最後以「一宿重訪的過客」自我比喻。離開校園前，你會想在校園裡做些什麼事，才不枉費來此一遭呢？

三、時光流逝之感往往藉由今昔相互對照而顯現，請列舉本文的例子說明。

四、請想像十年後重回校園的情境，以二百字表現「景物依舊，人事全非」的感受（詩或短文均可）。

脂肪球時光

宇文正

本名鄭瑜雯，一九六四年生。東海大學中國文學系畢業，美國南加大東亞語言與文化研究所碩士。曾任風尚雜誌主編、中國時報文化版記者、漢光文化編輯部主任，現任聯合報副刊主編。著有《貓的年代》、《臺北下雪了》、《幽室裡的愛情》、《這是誰家的孩子》、《顛倒夢想》等書。

記憶的牽引是很奇妙的，我望著前方的女子，腦海裡湧出了大學時認識的一票建築系同學身影。

是這樣的，下公車後，我走在一位女子後面，修馬路的關係，留下來的行人空間很窄，一群人走成一列小縱隊，無法「超車」，我只能緊緊跟隨一位看來年紀與我相仿的女子，視線便也不得不看著她的背影。她看來極其豐滿，穿著黑色緊身短褲，露出胖胖短短的兩條白皙的腿，走路時那短褲讓她圓墩墩的臀部一顫一顫的。我簡直有些臉紅，我是絕不敢穿這樣的短褲出門的，就算穿了，同樣的短褲在我身上，也會是完全不同的效果吧。我必須承認，少女時，我「以爲」男孩子都是喜歡瘦女生的，我不曾嚮往豐滿的身材，怎麼樣大吃大喝也不長肉，覺得老天爺已經很善待我了。那時看《上班女郎》（Working Girl）這樣的電影，看到主角梅拉尼・格里菲思（Melanie Griffith）對雪歌妮・薇佛（Sigourney Weaver）重複說的那句名言：「移開妳沒肉的屁股！」電影院裡觀眾哈哈大笑，我其實不太能體會笑點在哪裡。年紀漸長我才發覺自己弄錯了，我如果不是被時尚專家懵了，就是被曹雪芹騙了，就像白玫瑰與紅玫瑰，成熟男人可能更喜歡紅玫瑰的。胖胖的身材其實很吸引人，我問過老公，但他嚇得不敢回答我！

這段路眞長啊，大太陽下，我看著她一顚一顚的屁股，先是想起從前讀過一篇大陸作家寫到《紅樓夢》的雜文，說在現實人生裡，誰要追林黛玉？薛寶釵健康、豐滿、漂亮、能動能靜、識大體，誰不喜歡啊？！接著想起大三時修小說選讀課，上台報告，我選了莫泊桑的《脂肪球》。報告時講到了「作者爲什麼要選擇『身材圓滾滾』、『渾身充滿脂肪』這樣的女性形象做爲主角呢？」台下有位建築系同學舉手回應，氣氛頓時熱絡起來。那時，我一絲一毫也沒有爲身材比較胖的同學著想，不知道她們對這議題會感到不自在嗎？我們理所當然地把胖當成了原罪，我、那幾個建築系同學都如此，也許莫泊桑也如此……

《脂肪球》是描述普法戰爭中，一輛從盧昂開出的馬車，行進在普魯士軍隊占領的土地上的遭遇。主角是一個肥胖美豔、有風流名聲的婦人，她在不情願、無可奈何的情況下與敵軍軍官過夜，解救了大家，事後卻遭受到同行者刻意冷淡的對待。這是莫泊桑諷刺小說的名篇，也是他的成名作，「脂肪球」這形象、名詞自然是有性的象徵的，也與馬車中其他女性形象形成對照、反諷。我們討論得很熱鬧，咦，中文系的小說課，哪跑來一堆建築系學生？

我想起來了，據「小道消息」說，那是他們班有個男生（還是不只一個？）想追我們班的一位美女，其他人一票一起來修課，「掩護」他來著！後來還眞的成就了一對，畢業後也郎才女貌地結婚了。這群程度好、思想活潑的男生給了我們課堂上很大的衝擊，至少對我來說是如此，他們勇於發表觀點，不怕說錯，那時，中文系不論男生女生，上課普遍是非常沉默的。

充滿才氣的阿里上課總是坐我旁邊，因此有同學私下懷疑他在追我，我知道不是。他跟我聊過他的失戀，或者是正在苦戀中，哪個系的女生我忘了，但我們並肩坐在東海湖邊望著牧場聊了好久的畫面我隱約還有印象。他上課時會把我的筆記本拿過去，在上頭隨手畫一些漫畫，比如非常可愛的小和尚，我便老記得他上課也像小和尚念經。我們大概互有點模糊的好感吧，爲什麼沒有進一步發展呢？也許因爲我已經有男朋友了；也許因爲他的哥兒們曾追過我，喔，那又是另一段故事了；也許他對那段苦戀並未放棄啊，那是一個心慌意亂的年代，我們都是。我一向是專注的好學生，那門課卻被他搞得有點恍神了。於是我會注意到窗外松鼠的跳躍。我們的老師是親愛的芬伶老師，但我相信她那時對我完全沒有印象，她一定只注意到那群活潑聰明的建築系男孩吧，至於這課堂上流動的迷離情愫她是否察覺呢？如今一想，我合理懷疑，那群男生其實根本不是爲追我們班女生而來的，不必修小說課也可以來追啊，他們是追隨芬伶老師來的，老師是他們大一的國文老師。

我與阿里早已斷了音訊，對他的記憶，卻凝聚在他向我描述過的一個作業：好像是一門美術課，期末作業命題「記憶」，不限媒材，讓他們自由發揮。他找來一堆對他有意義的照片、文字、畫、海報……用同一張A3紙，一次、一次，不斷重複影印，印到那張紙錯綜複雜、烏漆嘛黑，有些地方油墨竟有些凸起了……他的「記憶」得了全班最高分。

因而想起我的二十歲時光，儘管那些記憶早已錯亂、重疊如那張A3影印紙……

我竟然在望著一個豐腴女人的渾圓臀部而循線抽出了這一段早已湮埋的記憶？我想起那時阿里得意告訴我他的最高分「記憶」時，我撇撇嘴故作不屑，順帶對他射出一箭：

「才怪呢！你只是製造一團漆黑，因為你沒有辦法影印思念！」

閱讀延伸與討論

一、作者在路上看見一名豐腴女子的背影，因而勾連起少年時的種種回憶，使用的寫作筆法是什麼？你曾有過這樣的經驗嗎？

二、《脂肪球》是一部什麼性質的書？請推敲一下，作者如何設計本書與書中人物的關係。

三、阿里和作者的關係是什麼？為什麼阿里可以將「記憶」重複影印，最後導致畫面一團漆黑？作者認為「你沒有辦法影印思念」，在你看來，「記憶」與「思念」之間的關係是什麼？如果沒有形成「記憶」，人們是否還會產生「思念」呢？

微整形

楊富閔

一九八七年生，臺南大內鄉人，東海大學中國文學系畢業，現就讀臺灣大學臺文所博士班。曾獲林榮三文學獎短篇小說首獎、打狗文學獎、洪醒夫小說獎、吳濁流文藝獎、臺中縣小說獎等。著有《花甲男孩》、《休書：我的臺南戶外寫作生活》等書。

讀東海四年多，像動過一次微整形。

但明明我是從有曾文溪走過的半山腰庄頭，落點海拔同樣不高的大度山巔；一樣的教會學校，從天主教中學唸到基督教大學，而我本是臺南林野間的囝仔，二〇〇五年闖進森林遊樂區般的東海，實在找不到適應不良的理由。

我適應得很好呢。只是回想起來，如經歷微整形手術，小面積修復、前後差別盡在局部細微處，連我都感覺自己哪裡不太一樣了，難道東海校園眞足以改變一個人？

猜想我變緩慢了。從前我快言快語，恰北北的男生。阿嬤、母親常聽不清楚我說的話。吃快弄破碗，急性子讓我吞了不少苦頭。我的運動細胞並不發達，跑步速度卻快得驚人，大隊接力擔任頭尾棒次，走路則像腳底裝輪子。我太快太急又不懂放鬆，十八歲前考試答題、舉手發言、所有限時競賽我貪婪地能搶第一誓言絕不當老二。是東海讓我明白，種種貪快皆指向我根本是熱愛追逐名利的人，是東海讓我把速度調慢落來。遲到、趕點名還得挑有view的路線，通常我習慣從相思林拐圖書館經文理大道，將繞遠路當成做早操，只因文理大道是我的大型天然健身房，那抱狀的綠榕隧道、古雅的建築，詩意環境讓我生出另一雙眼睛，看似散漫地走入教室，實則早已充電完畢，思路與目光透澈清晰。

我也變得愛美。東海大概無人不美，即使我的打扮隨興，近乎邋遢，滑板褲、勃肯鞋，逢甲夜市殺過價的素色短T。十八歲前我認爲自己醜陋無比，連母親都在理髮師面前取笑我「足穓看」。國中時期，教學大樓樓梯轉角都安座一面落地鏡，紅漆標楷字體，極霸道地寫著整肅儀容。我怕極那照妖鏡，幾乎貼牆緣，面壁行走，有次意外撞見鏡中的自己：高腰褲，高筒襪，滿臉青春痘，眼鏡鏡架被理化自修壓垮，鏡片左高右低，主要是身形猥瑣，駝背缺乏自信的樣子，我定是鬼門關忘記排隊回地獄的醜八怪吧；高中時期開始懂得抓頭髮，卻找不到自己的型，常一個早上弄掉半罐髮蠟，滿肚子起床氣，雙手黏黐黐。在東海，迷迷糊糊尋找自己的型，不那麼乖巧，向花草樹木求索，同時樂於發現日常異常的美：能俯瞰臺中綜藝城的人文五樓、科學實驗館的夜景是我的私房景點，二校區的龍貓公車站有滿地的落果，但你別太相信我耽美的形容，你也該去交通如壞腸的東海別墅，手掌大的老鼠正停在你的腳邊嗅食，那工業區廢棄汙水，明明你也看見了。

所以是時間變多嗎？結束長達六年的私校生活，天天五點起床的噩夢，直至晚自修近十點的苦讀。是東海訓練我一身黃金時間管理術，期待開學前選課，期待一張滿堂的課表，愛養我的心靈與知識。我喜歡一個人的期中期末考，搞孤僻似地躲到無人空教室讀書，那該是文學院，庭園的木蘭花是周芬伶的樹，紫荊樹下站著少年蔣勳，《含淚的微笑》的許達然，秋天起風的時候，葉珊就來了，而故作憂鬱的我踏進無人的舊教室，黑板前小學生習字般刻劃甲骨文，默背詩詞歌賦曲，讓大段大段文字於我手中的粉筆汩汨湧出。在東海我一人吃飯，一人仰躺於路思義的斜牆，從相思林走到牧場，彷彿整座大度山都為我所擁有。離開上千人的臺南大家族，東海終於讓我變回一個人。

只是微整形啊，大學生的改變，神祕如忽起的大度山夜霧，我無法保證東海足以改變一個人。不急，你有四年，一千五百多個日子。你總會有天，突然發現自己哪裡怪怪的——

閱讀延伸與討論

一、什麼是「微整形」？作者在大學四年的改變有哪些？（請就作者的外表、行為、性格等方面加以說明），作者為何自認只「動過一次微整形」呢？

二、就讀大學至今，你認為自己有哪些改變？對照作者「適應得很好」的大學生活，你的適應情況如何？

三、根據本文，作者對於「孤獨感」有何體會？你也曾有過孤獨的感受嗎？當你獨處時，會如何安排與自己共處的時光呢？

相思無語

劉致穎

一九八八年生，臺灣臺中人，東海大學中文系、國立彰化師大學國文研究所碩士班畢業。曾獲東海故事書徵文競賽寫作組第一名、第二十屆白沙文學獎文學評論組第二名、第十九屆白沙文學獎文學評論組佳作、聯合報懷恩文學獎學生組優選、東海文學獎散文組第二名等獎項。

秋末，你我在石階上佇立，黑夜起霧，月光更顯得淒清，學生三三兩兩以凌亂的步伐向上或向下步行，拼貼成最慵懶的布景，漸漸融化爲透明的乳白色，我們相中空白的一階坐下，此刻，悄然無語。

我指向某個角落，目光穿過拘謹的欄杆，那正是藝廊前用黑色石板鋪排的世界，你興高采烈的握緊我的手，嘴裡吐出許多不成篇章的字句，我知道你還記得清晰。我細細聽你說，右手拉開側背包的拉鍊，拿出我們最愛的口香糖往嘴裡送，你向孩子討糖吃一般說你也要，下一秒厚薄相間的唇，靈巧相應，合力將口香糖分屍解體，一人咬去一半，齒間竄流薄荷的涼意，還有濃稠的愛液。你牽起我往圖書館的方向走去，月色相伴，兩人四腳將約農路熨燙的舒坦，影子被拖行，拉出好長一條春色的軌跡，倏地回首張望，迎面而來的是方才殘留的笑聲，我猜你也聽見了，所以望穿我的眼，癡癡發笑。

多少個夜晚，建築系館內燈火通明，學生們趕著手邊的作品，校園被漆黑的夜吞噬，突顯白色玻璃屋內的皎潔與單純。每周三的晚上，你都會出現在教室門口，喔，不，比你先出現的是你的兩位好同學，他們來替你把風，看我下課與否，再以鬼祟姿態揮手告知要樓上的你快下來，你一臉羞赧，支支吾吾的編擬預藏的句子，手拿熱咖啡或餅乾要給我暖暖胃，好不容易鼓足勇氣問我是否要回家了，總能找出千百種理由要陪我走回住處，路如此蜿蜒，兩旁的樹木將影像黏貼於地面，假借引路之名，偷聽我們的故事。你第一次開口說要幫我背包包，我心頭一愣，連起霧的校園也屏息，我說書太重不好意思麻煩你而婉拒，走上長長的階梯，中正堂擠進畫面，不知所措的我把它當成對戲的主角，風一陣一陣灌過來，我急忙撇過頭，不與他正面迎擊，你急忙伸手幫我撥攏飛散的頭髮，髮絲間，我似乎看見你燃燒的眼眸，或許沒看仔細，我連忙道謝，語氣中盡是初識的生分卻又忍不住笑，溢出胸懷。每當踏入相思林，小徑穿腸而過，我們踩踏格子狀的年少歲月，好似沒有盡頭，有一回你問我，是否走進相思林，就會開始無止境的思念，那晚我笑而未答，我不知道是否有答案，對你的想像也僅止於你帶給我初戀的茫然。

相思林是你我分別的終點站，我把你趕回去上課，望著你走遠的背影，被自己莫名的情緒給嚇壞了，快步逃出交錯輝映的樹林。熱鬧喧囂的商圈是我回家必經之路，與或熟悉或陌生的人擦肩，接收或真實或虛偽的目光，一路撿拾自己在他人眼中的模樣，拼湊出軀體的主人，腦袋瓜轟轟作響，心跳噗通噗通打著拍子，在巷弄中穿梭，飛濺的人車漸行漸遠，而我，在塵世之外落腳。扭開大門，步上樓梯，狹窄的走道擺滿住戶的鞋櫃，男人女人的鞋子照樣灑滿地，鞋櫃化身裝飾品，讓人走路老是磕磕碰碰，外套沾黏牆壁的磁磚，濕漉不堪，東海水氣重，不夠通風透氣的地方，爬滿水滴，連地面也顯得潮溽，我幾度懷疑是我的心事爬滿四周，甚至滿進別人房間和浴室。我知道你偷偷翹課，專程護送我回家，每次勸阻，都會被你漏洞百出的謊言給堵住嘴，應該不只週三的夜晚是濕漉漉的，其他個夜晚一定也是，一定也是，我邊走上樓邊嘟囔著，四樓晾著衣物，晃啊搖啊，每層樓的兩側都未封死，風會從這闖進來，這裡是最佳的曬衣場所，我拿鑰匙開門，霉味撲鼻，歡迎我回家，我忘了懷疑，爲何我的房間同樣陰鬱潮濕呢？難道是你別有用心，還是我不小心從相思林偷渡回來的濕氣。

每一次相遇，你企圖靠我更近，我聞到你耳後的麝香，那是你我共同的味道，或許當時我也是靠著香味尋獲你，我藉此得救，抓一把你捲曲的短髮，他像是老師在課堂上介紹過的某種植物，髮絲衝出指縫，繾綣而曖昧，如同你一把攫住我的腰，你說裡面暖呼呼的，如我的心，燒燙著你。寒假豢養學生們肆無忌憚追索青春的時光，許多個你我連接著彼端，看不見對方但又無比清澈，彼此用鍵盤敲出揣想的模樣，安排每一句話的神情，尋找每一字的動作，我想著你是怎麼說話，在書房或臥室，端正地坐著還是慵懶的躺著，對話框裡的文字出現頻率趨緩，是你累了嗎？難道正被破門而入的媽媽叨唸著。片刻未收到你的訊息，我有些徬徨，頭上的耳機罩著我也挑逗黑夜，亮晃晃有些刺眼，我時不時偷看邊欄是否閃爍，提醒自己點開你的訊息，閱讀預料中的告白，你用文字訴說對我的好感，你表達完自己，又表示明白我的想法，最後收束在無解的局面，過於傷神，致使我們在後來的夜裡，隔空交會的場域，缺席。

最後一次見面是我畢業前夕，你致電邀約，找我吃飯、看夜景和放煙火，都會公園風大，你慣性的脫下外套想讓我披上，我說起風天冷要你快穿上，其實那是相對於我內心的低溫。我們談著以前和以後，使我莫名緊張，你再度靠近，緊貼著我，放眼望去的燈火，如同那次並肩走在文理大道，兩旁憨厚的路燈，或明或滅的宣示各自的心事。你從車箱裡拿出沖天炮和仙女棒，拉著我往空地跑，那是我們第一次牽手，比起過往有意無意的肢體接觸，坦承心意後的緊握更使我驚慌，忘了掙脫，追著你的步伐向前跑。鏡頭前你站在我身後，畫面緊貼著我，黑色膠框眼鏡遮去你半張臉，一頭又捲又短的頭髮，你說想讓自己看起來成熟些，我左手拿著仙女棒，花火噴濺照亮了夜也劃破了我，那是最後的合影。送我到家門口，我說忙著打包行李，住處一團亂就不請你上樓，你笑著擺擺手說沒關係，我用感應卡開了門，在門掩上的前一秒，你急忙喚我，這是你第一次認眞叫我的全名，我回頭對你笑，你將手中包裝簡約的方形小盒子塞給我說是白麝香，我不斷推還給你，你說我總是婉拒你的好意，有些惱怒的看著我，要我當作畢業禮物收下，我沒再拒絕，說了聲謝謝並附上一個擁抱，這是我第一次主動抱你，自己有些訝異，你也被我的舉動給嚇一跳，是因爲如此你才捨不得放手嗎？耳畔幽幽飄來一句，好好保重自己，再見。

畢業後，我去學校實習，緊接著南征北討考教師甄試，馬不停蹄，每日與疲憊糾纏，期間又回到研究所讀書，工作加上課業，沒日沒夜，我染上咖啡癮，仰賴他為生，無暇他顧的我，自然與外界斷了連繫，一次點開你的頁面卻發現一片空白，你解除我們的朋友關係，無法知悉遠方的你，我曾質疑，想著諸多封鎖我的原因，如同當時我質疑自己嗎？可惜我沒有機會知道答案。再接到你的電話已經是兩年過後的事，電話那頭是相思林裡風的呼嘯，時光快轉填補歲月的空白，你告訴我自己考回東海研究所，你比我晚一年畢業，回臺北後，報考補習班，閉關念書準備考試，鮮少與別人連絡，當時了無音訊的默然，似乎獲得解答，而我也是所謂的別人嗎？你再度踏上自己口中思念的故土，我臆測你對生長五年的東海，有難以割捨的情感，或者因為我也是風景裡的一抹，我沒告訴你，在發現我們非好友關係之後，我賭氣把你最愛的一頭秀髮剪成了與耳垂齊長的短髮。幾次相約出遊，我們向對方傾訴這幾年發生的一切，我極力往你口中的回憶裡鑽，想看看在我之後，幾任女友的樣子，她們與我不同，想法、個性都有著差異，唯一相同的就是一頭烏黑的長髮，每當我聽聞女孩們相似的特徵，覺得眼前白濛濛一片，是秋天被囚禁在相思林裡的大霧，和週三晚上步行回二弄的夜晚相同，那次沒有你。

你掙脫父母，回到自由的國度，渴望奔向未知的懷抱，那股未知源自於我也關於相思，你再度逼近，比大二追求我時還要劇烈，而我在不知不覺中也向你靠攏。你我就讀不同學校，我又與家人同住，無法時常見面，夜幕低垂，我們用電話傳遞相思的訊息，我躲在被窩裡，把自己的聲量壓低，絮絮滔滔，掀開棉被時也掀開了天光，披著一宿情愫的餘溫上課去，日復一日，我必須兼顧課業和工作，生活一直捏不成人形。你選修的課不多，時常與三五好友聚會，當我與報告孤軍奮戰，電話枕著床板發出低頻的哀嚎，你說今晚又去小酌，風聲穿過話筒灌進了我的房間，我以爲來自相思林，你否認，說是剛散會在自家樓下抽菸，我確實聞到焦油味，以前你抽綠色萬寶路，後來你菸癮變大，我勸你戒掉，你說太難，只換成味道淡些的寶馬。每次約會，飯後你會要我陪你抽菸，一根接著一根，你對著我吞雲吐霧，彷彿想把我看得更清晰，我卻無法在每場霧裡將你看明白。學期接近尾聲，論文大軍來襲，報告把我壓得喘不過氣，電話少了，訊息是我們傳遞的方式，你說自己也忙，要我加油，簡短字句隔空往復，今天是第四個日子，凌亂的房裡響起你與眾不同的鈴聲，我急忙從被窩中翻找我們唯一有關聯的信物，你憤憤地問我爲什麼這幾天沒有撥電話給你，我急忙解釋因爲自己被報告追著跑，所以用簡訊交換時間，忽略了你的感受，眞對不起，你只是靜靜地聽，許久，你從牙縫中擠出幾個字，你說我們還是分開吧！已經不需要我了，你說我不夠在乎你，不是沒有給我機會，但其實我也需要時間，擁有愛情需要練習，擁抱情感需要學習，我說愛人需要學習，但你嗤之以鼻，或許你我習慣用自認爲對的方式愛著彼此，卻忘了保護自己，無形之中我活成了你想要的樣子。茫茫人海，我們懷著當年的相思，輾轉幾年，又回到初識的東海聚首，你我終於坦承面對自己，誰也沒能預料，在他尚未開枝散葉前早已凋萎。幾週後，你請託相思林的風把訊息捎給我，我潰堤的淚水是過度適切的背景音樂，你說我無須傷悲，世界仍舊美好，你說如你此刻也有了新人陪伴，希望我也能遇見對的人……起風時，大霧遮蔽眼簾，溫言軟語割破放眼望去的草坪。

今日路思義教堂正舉行一場同志婚禮，我邀你一同前往觀禮，這天晴空萬里，幾抹白雲輕描淡寫點綴藍天，大家高舉彩虹旗讓他們恣意地揮灑飄揚，渴望讓每一顆眞心，每一段眞情隨風吹向更深更遠的地方。當新人們牽起對方的手，我也把你牽上，雙眼注視著你，你回敬我燒灼的目光。我願意，我如此對你說，那個月黑風高的夜晚，我倆在教堂前對彼此允諾，當時我留著一頭你最愛的中分黑長髮，你說教堂門扉緊掩，怕上帝沒聽見，你笑著把我擁入懷，還是等會兒經過相思林告訴第九棵樹吧！我聞到你身上的白麝香混著寶馬的焦味。

閱讀延伸與討論

一、請根據本文內容，繪製一張簡單的校園路徑圖，並模擬作者行走其中的感受與同學分享。

二、作者與初戀情人，先後兩次決裂的原因是什麼？假設你是故事中的主角，處在那樣的情境下會如何處理？

三、作者對於愛情的領悟是什麼？愛情在你的生命中，扮演何種地位？請分享你心目中理想的愛情模式。

最後你成爲一幅畫

藍舸方

一九九一年生，臺灣彰化人，東海大學中國文學系畢業，現為東海大學中文系碩士生。曾獲東海文學獎。

你曾在這裡。一日一日我走過那些被無數人的足跡打磨而逐漸平坦、光滑、風化的石板子路，隨著緩緩的坡路一路向下，擦身過許多我不認得的臉龐，偶爾在人群之中窺見你的高度、你的鼻子、你的髮型，你殘存的碎片在人群中遊走散落，我彷彿在玩著某種拼圖遊戲，逐一撿拾著你，卻拼湊不出一個眞正的你，只是藉此而落入回憶的交錯時空，人們的肩膀互相摩擦，我對他們而言，甚或對自己而言，我都不在那裡。那段石板路正在逐漸消失吧？依照科學的理論推論而出，這應當是事實，但我誠實地詢問自己的肉眼，我站在約莫同一個點上往前望去，眼前風景與去年九月的風景並沒有什麼不同，若再往回憶裡更進一步的搜尋，勉勉強強試圖重建大學一年級時此處風景，眼前所見自動卡上了回憶中模糊趨近空白的部分，無論這裡有沒有改變，我將再也分辨不出了（而我知道科學上它的確是轉瞬間即面目全非），它們是一樣的，就算這片樹林的年輪又增生幾次深淺，若我不一年砍倒一棵仔細端詳逐年細數，它們全都是一樣的。

你曾在這裡。櫻花，又開了。該是在這季節便該出現這種紅，然後再任由它死去並被掃除，當走路也開始流汗的氣候來到，才赫然察覺櫻花已成爲來年的期待，循環循環，再一次，所期盼的上前輕輕扣敲，回過神時又已是花落滿地。我只能年年更新著期待本身，年年望向腳邊獲得一陣感嘆。循著校園中著名的景點，植栽著兩排濃密樹林的道路往下再往下，這裡被電影取景過、當年準備面試的校園簡章裡介紹過、就讀這裡的學生們好像都應該在這裡發生過一段浪漫的戀情、每個人預備提筆寫下關於自己的校園生活時好像都非描摹這裡不可，但我從未寫過它，只因太多人寫了，所以我刻意不去寫，但是這裡不依舊是美的嗎？或許我才是最不坦率的自以爲不媚俗的媚俗者，雖然總是因爲行政的工作奔波於此，我能不悄聲質問自己：我不曾在這片綠色的的臂膀中感到溫暖與安心？當你從遙遠的浪花邊唯一一次來到這裡，我也只能帶著你走過旅遊書中的眼睛所描述的，一一在你眼前重現，並因此感到自己對自己所生活的校園的不了解，我能帶你去的和一般家庭的旅遊規畫並無不同，懊惱與羞愧在心中擺盪著，竟使我不能好好的與你對話了，如今我重新回想，你是否在那天擁有美好的回憶呢，或者只是在著名景點蓋一個旅遊紀念章那樣，表示到此一遊的膚淺？如今我爲了描寫你，我不得不寫這裡，畢竟我們確確實實的走過，昏黃的燈光中猶能辨認黑暗中搖曳著的深綠，你從海邊來到藉由人爲但自然生長的森林裡，走著走著，當我走在這裡回想起你，你如今依舊和我並肩在那段路，我從何處開始回憶起你，我們就從那開始，一起走著走著，沒有開始，沒有結束。

我們在永不靜止的海邊相遇相識，在短暫的兩個禮拜裡我們一起去了許多地方。初識時只記得你的沉默與略帶靦腆的笑容，第一次和當地的朋友們一起結伴到海邊，不想下水的我們靜靜望著海邊，有一搭沒一搭的聊著，然後沉默，那時的我並不以爲意，因爲作爲打工換宿的身分，身邊的臉孔來來去去，並不需要特地去在意誰的活潑與安靜，我們跟隨著海浪變換，一波追逐著一波，僅帶走一些些易於消散的回憶之沙，直到第二天，在免費提供員工喝酒聽音樂的音樂酒吧裡，因爲聊到我們都愛看的電影，那個時候你的輪廓才真正在我眼前清晰起來，身邊的人一一離席睡去，後來以原木裝飾而成的酒吧裡只剩下我們的話語聲，原本我們都是有著早睡早起習慣的人，從那一夜開始我們夜夜晚眠，甚至逐漸看著天色轉灰而成清亮，我們仍然早起，忽略睡眠，我把自己丟到南部的海原是想讓自己忘卻時間悠閒度日，然而此刻又再次更加兇狠的時間追趕而來，我們都知道，時間正在倒數。

你彈奏一把木吉他，我藉著你指下的樂音用歌聲合唱。夜晚海邊的浪，我們一起唱歌，凝視燒亮半邊天空的流星。懸崖邊看海，雲霧擁抱著的日出灑在我們身上。向上拉繩攀爬，赤腳踩著瀑布旁的滿布青苔的石頭，一起痛快地浸入冰透的潭水，再讓機車上時速七十的陽光曬乾我們。讓白沙擁抱我們的背部，並肩躺著睡去，宛如我們願意在此風化。你用毫不在乎的表情說著不相信有來世的樣子。沒有任何遊客的草原，毫不猶豫地約了五年後此地再見的約定。

所有相處的場景宛若翻飛著的紙片，快速旋繞著的水流，在你來到我就讀的學校時被按下定格鍵，影印、剪碎、拼貼，融合進教堂的磁磚當中，我們肩並肩靠著的，背後的那一片宛如玉般的土橘色。停留在教堂旁的我們，還有相識相處的所有的我們，都在我眼所能及的那個方框裡。我們相處時最常做的事只是肩並肩，停留在彼此身旁，想要說話時便開口，不想說話時便沉默，在你身邊我變得單純，想到悲傷的念頭時就讓自己悲傷，想要微笑時就微笑，你問起理由時我就緩緩地說，很單純的分享我腦海中所閃現過的所有思考，不擔心你會如何想我，我知道這只是十分的純粹的分享，不是討論，不是爭辯，只是處在天地之間你和我的一場對話而已。

我們從喧鬧的海邊漸漸走進凝結的時空，定格在教堂旁邊。

我在你身邊唱著歌，最常唱的一句歌詞是：「你來過一下子，我想念一輩子」，至今日子以不可思議的速度匆匆累加，這兩句話也彷彿成爲某種預言，預言了現在的狀態，而且再無力去改變。那唯一的一次，你來到臺中找我，我帶著你從熱鬧的夜市區一路向下走，時節近秋，夜晚的相思樹林與天空融合成一盤永遠不會調勻的墨盤，盤根錯節的樹枝如今我回想像是天空的裂痕，繼續向下，吹吹大樓前空曠地帶而引進的涼風，走過昏黃的燈，走過梯田般塊塊分明的草地，我帶你看看教堂，所有來臺中的旅遊者都要踏過的地方，我們在這裡停了下來，記起自己手邊拎了一瓶梅子酒，沒有聊什麼，只是液體涓涓流過微沁著水珠的玻璃瓶的聲音，微酸流過喉頭，暖起了胃，還有暖了一點點的眼睛，你低頭搜尋著存在手機裡那些我們會唱的歌，忽略來往的路人，我們一起在教堂邊唱著歌，倚靠著我最喜歡教堂的牆壁，那彎曲的程度正好讓人不費力氣的站著，視線的一半是草原，一半是星空，忘掉時間，忘掉緊隨的未來，忘掉你只是教堂前來來往往的過客之一。

如今我在這裡，一年一年的忽略掉所有的風景，它們只是一個場域，供我緬懷在曾經且逐日遙遠的時空下，你僅一次陪伴著我走過這一條路，我想寫篇紀念你的文章，卻寫不出眞正的那個當下，我啃噬著回憶裡的餘溫卻眼見那一段日子風乾成骨，而你在哪裡過著什麼樣的日子？曾因眞實而逐漸化爲虛幻的你，隨著時光濃縮凝煉成顏料，彩繪成我心上不再褪色的風景，那該是另外一種眞實吧？

在每次經過教堂的時候，我看見那面牆還在夜晚裡，那晚的我們還在我腦海中的夜色裡倚著微醺唱歌。

閱讀延伸與討論

一、作者自認是「自以爲不媚俗的媚俗者」，這句話的含意是什麼？如果有朋友來訪，你會想帶他參觀校園中的哪些景緻呢？

二、本文出現哪些人、事、時、地、物？你認爲最主要的場景是什麼？作者是如何敘述與男友在此場景中的記憶？路思義教堂是本文主要場景之一，請敘述作者與男友在教堂發生了哪些較爲深刻的記憶？

三、根據本文，男女主角的性格特徵是什麼？文中提及的櫻花，具有何種象徵意義？除了以櫻花代表此喻意，還可藉由哪些事物來呈現愛情的意涵呢？

路徑

許閔淳

一九九一年生。東海大學中國文學系畢業，現為東海大學中文系碩士生。曾獲東海文學獎、第二屆中區大學校園故事書徵文競賽文字組銅質獎、第三屆中區大學校園故事書寫作競賽中區夥伴學校組金質獎、第三屆中興湖文學獎散文首獎。

在同一地生活的人，卻因爲習慣不同的路徑，而對那個地方的印象有極端不同的理解或印象，我總日日踏著相同的路徑，在校園內移動。

夜晚的涼爽與深邃總是那樣如夢似幻的引動人，彷彿到了晚間，靈魂才眞正開啓，心臟的跳動才開始脫離平板乏味，成為一首美麗的曲子。往下走，便能夠到達二校區。生活所帶來的疲憊與困頓，使我消磨成一尊僵硬而冷灰的石像，此時，內心便出現柔軟的聲音呼喚我往下走。

那緩慢下降的斜坡兩旁，各個社團散發著活潑的光芒，在夜裡白盈盈的亮著，像是一個又一個錦簇的夏季，整個四季都因為夏季的存在而又有了生機。愛樂社的薩克斯風遠遠的傳來，那樣的聲音總讓我感覺置身於夜晚湖畔的小酒吧，歡快的人們舉著酒杯，月亮與暈黃的燈光把湖面點綴的亮澄，人們吃著串燒、喝冒泡的啤酒，舞臺上身著蘇格蘭裝的樂團吹奏薩克斯風，燈光灑在上面，折映出了刺眼卻動人的光芒。

經過斜坡，燈光一點一滴的滑飛開，四周暗了下來，變得灰濛灰濛。帶起耳機，輕音樂如涼水流動於整個身體，這段路已經沒什麼人了，涉身走進東海湖四周，友人曾和我抱怨覺得此地缺乏建設與規劃，好好整頓一下應該能夠成為不錯的觀光勝地，而此刻，我卻耽溺於建設的闕如，荒涼與安靜，彷彿在夜晚的沉寂沙漠剎見綠洲，憶起兩年前，曾與學弟妹帶著鐵罐飲料，拉起鐵環發出啵的清脆聲音，沒有比這樣的聲音更讓人能夠感覺到愉悅了，我們在月光下喝冒著氣泡飲料，玩新生必玩的遊戲——海龜湯，那是一個先說出故事的小部分，其他人必須藉由自己對故事的聯想來問問題，主持人只能回答是或否，進而將整個故事拼湊出來的遊戲。我常想著有沒有一個人可以詢問，可以主宰一個人的生活，我們能夠向他討一個是或者是否嗎？

總習慣於獨自行走，把思緒慢慢重組，像轉魔術方塊，相同色澤的擺置同一面，或者是說，有太多事情只有自身能夠面對，然而生命的岔路總會溜進幾粒砂，而那些夠堅強的砂子在貝類的口舌中經過層層包覆，終於成爲圓潤帶有溫和光澤的珍珠，我們總會遇到一些這樣的人，一些珍貴而且眞正能夠聽懂你所訴說一切譫語，雖然那是如此的困難。

我們學會與人分享自己的路徑，也開始親自走進他人的路徑之中，雖然路與路之間總會有些零碎的石子，於不經意的時刻悄悄落入鞋中刺痛著彼此。新的路徑如細長的河流一點一滴的流進生活中，於是，我開始走你的路。

印象中你總是走那些陰涼的小路，像是永遠只走在邊緣上，鋼索上的人，你的腳步歸整緩慢，慣於快走的我總被那些優雅的步伐踩踏的狼狽，感覺到在你面前拙劣了起來，我想自己就像一團亂草急著呼搶肥沃的土地。你說：「該找到屬於自己的步伐。」我們於夜晚，同樣的走到二校區，兩人卻各自擁有完全不同的路徑，我驚異於原來校園中還有這樣的路，你笑著說喂不是都大四了嗎？但路徑確實反映著一個人的生活啊，於我而言，生活就是這樣一條條的路經鋪陳出來的，我們習慣於自己的路線，而後無論是我們誤闖他人的軌道，抑或是應許他人的邀約，而走上另一條路時，我們甚至不可相信的發覺在這狹小的範圍內，竟有如此迴異的路徑。

有時兩人並肩安靜的走著，時而說話，但到二校區的路上，你的路上，竟成爲一種靜謐而優雅的印象了，有一回，那羊腸小路忽然闖入了輛車子，白色的光刷的沖散開來，像是巨大的鎂光燈，我們像受驚的小動物，那路上實在太安靜了，怎料想到會出現如此龐然大物呢？這些於夜裡涼爽的路徑與逐漸規律的步伐隨著日子增長了起來，愈來愈熟悉轉彎處，熟悉兩旁花草的名稱，你的聲音也跟著清楚了，在無數次的路徑中抖落泥砂與汗漬，一切清晰而卻由內混雜了起來，慢慢的了解到我們終將於岔路分別，你會走回屬於你的熱鬧，我在路上檢視記號與痕跡。

今晚的操場是淡淡的紫羅蘭，夜深了，空無一人。空曠之處總逗引著人心中大聲呼喊或跑，不斷的跑的慾望，空曠之處有大片的空白可以燎遠，把心中一切悶煩燒盡，你必須離開這件事情曾經讓我如此苦痛，卻總是慣於把說出口的話經過層層膠封，試圖把那些話看起來完善，而或是，內心是如此明白屬於我們之間的那些路上，該黏貼什麼樣子的景色，我們都握有畫筆，卻都心知該在調色盤上蘸取哪些色料，我們已經對未來有了相同的默契了，不是嗎？

我明白那些破碎，清楚不過了，當世界都安靜了，那些回憶便破碎而殘敗，搖搖晃晃的自月光下飄走，在很久以後的日子，我們在回頭捧起這些零星的畫面時，眞的能夠讓思緒駐足，便在其中尋覓出一片璀璨的風景嗎？你說在試圖跨越那些城市的理性界域時，總因時間的短暫或無形的磚牆，無法持續前進，只有回頭走向原本，而那些未曾到過的界域之外的城市，便全數佚失於想像無從抵達的未知，成爲一些片段而破碎的記憶。我說或許我們本就無法眞正去認識一座城市，無論我們在其中生活多久，記住了街道巷弄的彎處，熟悉夜晚的路燈灑下時會呈現什麼樣子的光，知道各小店鋪的商品，可是我們都心知，都明白畢竟與它是有隔閡的，有誰能眞正走入一座城呢？即便那裡的每陣風都使人感到安全或溫暖（但顯然是不會有這樣的狀況），我們能夠訴說一個城市的什麼？它的形貌或是侃侃與人介紹各方面嗎？我們有什麼資格這麼做呢？而無論是片段或破碎的都成了一種像是車票般的東西，證明我們到過，於雜亂的抽屜翻出那些車票，我們將會說：是的，我去過。想起一段輕快的步伐。抑或是歪斜著頸子對那些地點感到困惑，竟勾不起任何一粒豆丁般的風景嗎？

那些回程的路上漸漸變得靜謐而像是將要消散，不禁使人懷疑起那些去程，若我們根本尚未起程，而總去憂慮那些回程就成了毫無意義的事情了。

回來的路上，一個小小的我，在那些昏黃的路燈下愈發孤獨，甚至那黑如烏鴉的影子都開始萌生了同情心。搭電梯到H大五樓能夠看見很美的夜景，但在那之前必須通過一條冗長的廊道，綠色的逃生指示燈將整個走道披覆上一層詭譎的氛圍，那是指示人們逃生的光線，而在這樣的夜裡，卻對這綠光感到懼怕。但我明白現下需要一片美好的夜景，需要一定的高度，也需要去走過這些綠的令人害怕的光，而且必須獨自一人。

電梯門開後右轉便是那條漫漶著綠光的路，像是所有的故事都有一座幽暗的森林，黑暗中還藏聚著各式的獸，或是整座森林便是一座食人的島，少年pi撥開葉子後看見牙齒的驚愕。一個人的路之所以危險是因爲那極度的孤獨。我們在孤獨中練習，練習不被從上或下或任何方位無預警的攻擊所困，練習關起來一個人走路，卻又得練習不被困住，這是多麼艱辛的路途。若姑且大膽的假設人本就是不甘寂寞的，不是都說：人畢竟是群居動物，總需要朋友的。那麼這些一個人的路徑，孤獨的旅途是否都因爲內心有一處病弱的傷呢？我們必須親身走過那些溢著綠色黏液般可怖的沼澤窪地，必須獨自扛著那頭病弱的獸，跌倒後爬起來，看看水面上的自己，和他說話，仔細的看著他的雙眼，人大多是沒有仔細看過自己的，你說鏡中的自己嗎？那不過是每日必須的一張投射。身軀上的那些坑洞一直安靜的存在，它們不曾吶喊，不曾顫抖，卻每日存在，光是那習慣的存在便足以讓人心痛與害怕，可是我們卻時常假裝他們根本不存在，選擇忽視，或以一些極其暴力之物充塞那些空洞，以為表面的平滑便能夠帶來內心的溫順與暖意。

我明白步伐抬起又踏下的瞬間可能會激起怎樣的浪，極便害怕，還是得面對的，在那些聲響中，憶起曾在一堂課中，老師朗讀的文本內容：生活就是天堂，只是人們不願去知道，若人們願意去知道，那麼明天起，全世界都是天堂。或是從老師口中說出的，不是全然明白的句子：愛生活本身比愛人幸福。但是什麼是愛呢？我們確實不懂愛呀，無論是愛什麼形式的東西，我們曾懂得嗎？

終於抵達對岸，大片的夜景成為溫柔的水波，一遍又一遍滋潤那塊近乎乾涸龜裂的心中的地土。那些閃爍的燈光亮盈盈的像是在粼粼的水中載浮載沉，而我輕駕著小船划動船槳，想起《班傑明的奇幻旅程》中曾有這樣的一段話「其實每個人本來就是孤獨的，只是有些人害怕極了。」那黑人的口氣中夾帶著嘲笑與揶揄，彷彿他真的將孤獨化為他最愛的寵物，成天與其親密相處。

夜裡的風幻化為一隻溫柔的貓咪，輕巧地跳上肩膀，感受到那重量與軟綿，但牠又旋即跳下，隱身於黑暗中，彷彿一切都只是因為角度的傾斜所產生的想像，於荒涼的沙漠傾斜再傾斜，水分流盡後，在乾渴的裂痕中而產生的熠熠幻覺，全都在你離去的步伐下成爲乾癟的陰影，一塊爛巴巴的抹布，曾經於我生活中產生的重量與路徑也一併被抹滅，消匿無蹤。世界被擦出一抹空曠的白，只有雪安靜的飄落。而我終於走過那條孤獨的綠色長廊，漸漸學會自己的溫度。

閱讀延伸與討論

一、外表愈是倔強之人，內心往往愈是柔軟，個性也多半敏感，容易受傷。根據本文，作者如何書寫自己的矛盾性格呢？

二、孤獨感是本文的一大主題，作者對孤獨感的體會是什麼？請閱讀蔣勳《孤獨六講》一書，並嘗試爲「孤獨」重新下定義。

三、本文「泛著綠光的長廊」一語，有何特殊的隱喻嗎？請在校園中找出類似的場景。（需包含地點，並給予具體的隱喻說明）

Note

Note

Note

國家圖書館出版品預行編目資料

借味・越讀：時光・地景・大度山／林香伶等編撰. — 初版. — 臺北市：五南，2016.09

面；　公分.

ISBN 978-957-11-8770-9（平裝）

1.國文科 2.讀本

836　　105014829

1X8U 國文系列

借味・越讀

時光・地景・大度山

主　　編 — 林香伶

編　　撰 — 林香伶　林碧慧　朱衣仙　郭章裕

攝影・題詞 — 許建崑　黃章展　黃潮州　蘇國強

執行編輯 — 梁維珊

發 行 人 — 楊榮川

總 編 輯 — 王翠華

企劃主編 — 黃惠娟

責任編輯 — 蔡佳伶　卓芳珣

封面設計 — 黃聖文

出 版 者 — 五南圖書出版股份有限公司

地　　址：106台北市大安區和平東路二段339號4樓

電　　話：(02)2705-5066　傳　真：(02)2706-6100

網　　址：http://www.wunan.com.tw

電子郵件：wunan@wunan.com.tw

劃撥帳號：01068953

戶　　名：五南圖書出版股份有限公司

法律顧問　林勝安律師事務所　林勝安律師

出版日期　2016年 9 月初版一刷

定　　價　新臺幣320元

※版權所有・欲利用本書內容，必須徵求本公司同意※

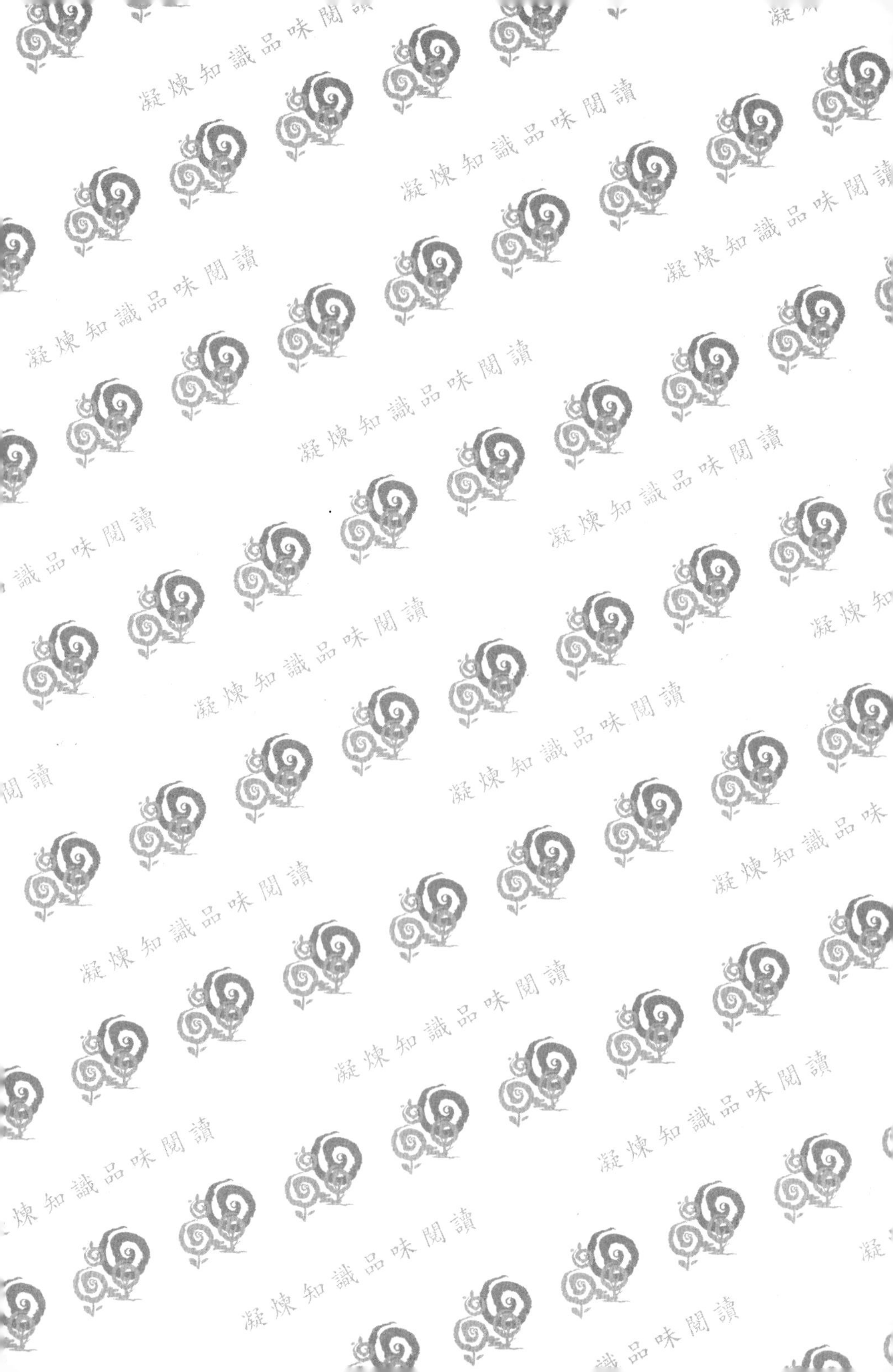